팍팍한 현실을 보듬어 안는 인생 돌봄 에세이

마지못해 사는 건 인생이 아니야

안희정 지음

대경북스

마지못해 사는 건 인생이 아니야

1판 1쇄 인쇄 2023년 9월 15일
1판 1쇄 발행 2023년 9월 20일

지은이 안희정

발행인 김영대
펴낸 곳 대경북스
등록번호 제 1-1003호
주소 서울시 강동구 천중로42길 45(길동 379-15) 2F
전화 (02) 485-1988, 485-2586~87
팩스 (02) 485-1488
홈페이지 http://www.dkbooks.co.kr
e-mail dkbooks@chol.com

ISBN 978-89-5676-985-1 03810

"엄마, 그거 알아? 아침에는 깨어나는 불행이 있고, 저녁에는 하루를 끝내는 행복이 있대."

월요일 아침, 일어나기 싫다는 딸을 억지로 깨웠더니 툭 튀어나온 말이었다. 쇼펜하우어가 들었으면 자신의 수제자가 여기 있다고 외칠 것 같다. 인생의 쓴맛을 파악하는 데 10년이면 충분한가 보다. 어떻게 그런 생각을 했냐고 감탄할 새도 없이 이대로 가다간 아이도 나도 지각이다. 그래, 네 말이 맞으니 더 불행해지고 싶지 않으면 빨리 세수부터 하라며 아이를 화장실로 밀어 넣었다.

아침이 싫고 하루가 시작되지 않기를 바라는 마음이 비

단 아이만의 문제였을까? 내 상황도 크게 다르지 않았다. 김치 없이 고구마를 먹는 듯한 지루함, 아니 퍽퍽하기까지 한 생활을 외면하고 싶었다. 시간이 날 때마다 새로운 플랫폼을 찾아 현실 도피를 시도했다. 예쁘고 호화로운 피드로 가득한 인스타그램, 숨 쉴 틈 없이 흥미롭고 긴장감 넘치는 넷플릭스 드라마, 도저히 클릭하지 않을 수 없는 자극적인 섬네일의 유튜브 영상, 모두 힘겨운 삶을 피해 선택한 시간의 도피처였다.

달콤하긴 했지만, 그것은 근본적인 해결책이 아니었다. 찰나 같은 회피의 시간이 지나면 종일 병원에서 일에 파묻혀있는 내 모습이 서글펐고, 지친 몸을 이끌고 집에 돌아오면 씻기 싫다고 우는 아이와 말씨름하는 일상이 적잖이 고통스러웠다. 겉으로는 아닌 척하면서도 실은 넓은 집과 고급스러운 차, 남들이 고개 숙이는 지위와 명예를 선망했다. 여유로운 삶을 사는 친구를 볼 때마다 그에 반해 초라해 보이는 내 삶과 비교하며 자신을 괴롭혔다. 부러움과 질투는 어느 순간부터 더 잘살고자 하는 욕망이 되었고, 욕망은 접착제처럼 좌절이란 벽에 달라붙었다. 스스로 만든 욕망과 좌절의 양면 사이에 끼여 자신을 불행하게 만드는 악순환을 무한 반복했다.

변하고 싶었다.

이대로 늙어갈 나를 그냥 둘 수 없었다.

나는 좀 더 내 삶을 돌보기로 했다.

처음엔 갑갑한 마음에 시중에 나와 있던 수많은 자기계발서를 탐닉했다. 책을 읽는 동안에는 희망에 부풀어서 이렇게 살아야겠다 생각이 들기도 했지만, 잠시뿐이었다. 시간이 지나면 책에 쓰여 있던 제안은 나와 맞지 않다고 변명하며 아무런 실천도 하지 않았다. 습득은 제대로 하지 않은 배움만을 반복한 셈이다.

결국 모든 원인은 나에게 있었음을 깨달았다.

2022년의 어느 날, 마침내 삶의 문제에 대해 감았던 눈을 부릅뜨고 정면 돌파를 시도했다. 읽는 것에서 그치지 않고 하루를 집요하게 적어갔다. 보잘것없다고 치부했던 삶에서 특별하고 의미 있는 순간을 찾아 글로 보듬었다. 처음에는 별다른 진전이 없어 보였지만 예전과 다를 것 없는 나날을 보냈어도 내 안에서는 뜨거운 아스팔트 위 아지랑이가 춤을 추듯 작은 변화의 물결이 아른거렸다.

불이 꺼진 뒤 주위가 암흑으로 변해야 비로소 선명하게

볼 수 있는 형광별 스티커처럼, 견디기 힘든 날을 보낼수록 빛나는 순간이 유독 잘 들어왔다. 딸아이의 천진난만한 미소, 퇴근길 붉은 노을이 녹아든 구름, 무심한 듯 툭 던지던 친구의 응원 한마디, 여행지 밤하늘에서 다정다감하게 반짝이던 별. 그 모든 사소한 순간이 그토록 찾아 헤매던 병든 내 삶을 치유하는 의미였음을 그제야 깨달았다. 그건 감사의 눈으로 삶을 바라보는 관점의 변혁이 만들어 낸 기적이었다.

인생의 많은 날이 무료하고 종종 버티기 힘들고 때로는 영문도 모른 채 슬퍼진다. 빼앗긴 들에 사는 사람은 봄이 찾아오더라도 따스함의 환희를 누릴 자격이 없다. 삶이 우리를 낙심하게 만든다고 당하기만 해선 안 된다. 삶의 노예가 아닌 주체로 살아가는 것. 이것은 나와 당신, 우리가 짊어진 공통의 과제다. '마지못해 사는 삶'을 '그래도 살아낼 만한 삶'으로 바꿔야 한다.

염증이란 몸을 침투한 세균에 맞서는 우리의 면역 체계에서 나오는 반응이다. 삶에 염증을 느낀다는 건 다시 말해 내 삶에 면역반응이 일어나고 있다는 방증이다. 염증이 없다면 세균이 건강한 세포를 침범하듯 무의미한 하루를 보내면서도 고민조차 하지 않는다면 그것이야말로 오히려 더 큰 문제를 불러일으킨다. 아무런 문제 없이 사는 줄 알았던 사람이 하루아침에 무너지거나 생을 포기하는 경우가 여기에 해당한다.

이제 인생이라는 소리 없는 전쟁터의 한복판에서 영혼을 갉아먹는 침입자에 맞서 정신면역력을 키워보자. 그날그날 버티던 하루를 마음을 들뜨게 하는 축제로 탈바꿈시키길 바란다. 생의 여정을 걸으며 나를 웃기고 울리고 감동하게 했던 흔한 날의 숨겨진 의미를 당신도 알아챘으면 한다. 그것이 내가 글을 쓰게 된 이유이다.

이 책이 들려주는 삶의 단편을 통해 당신이 짊어진 삶의 고통을 조금이라도 덜어내길 기대한다.

차 례

Part 2. 마음앓이 한 날엔 지우개로 '앓'을 지운다

Part 3. 빛나는 날엔 불을 밝히려 노력할 필요가 없다

Part 1

그저 그런 날에도 실바람은 분다

새들한 날도 각별한 관심으로 보면
흥미로운 일이 생긴다

새벽 비가 나를 품는다

새벽 4시 30분. 아침이 주는 신성한 분위기의 혜택을 맛보며 오늘도 눈을 떴다. 이 집 어디에도 나만을 위한 공간이 없기에 대신 나만을 위한 시간을 만들 결심을 했다. 그렇게 시작한 새벽 기상이 어느덧 6개월이 지난 시점이었다.

캄캄한 어둠이 짙게 깔린 새벽, 세상에서 가장 들기 무겁다는 눈꺼풀을 이제는 곧잘 번뜩이며 들어 올렸다. 째깍거리는 시곗바늘의 움직임조차 쿵쾅거리듯 크게 들리는 침묵 속에서 일어나 유령처럼 유유히 화장실로 발걸음을 옮겼다. 세면대 거울로 퉁퉁 부은 얼굴과 초점 없는 눈을 한번 쓱 바라보고는 찬물로 세수했다. 뽀득뽀득해진 얼굴에 스킨로션을 대충 바르고 거실로 나가 커피를 내렸다. 조용한 어둠 속에 커피 내려오는 소리가 폭포수가 되어 떨어졌다. 폭포수를 뒤로하고 아무도 없는 아이 방에 들어와 요가 매트를 깔았다.

매트에 앉아 아침 요가를 시작했다. 정갈한 동작으로 경직되었던 근육이 시원하게 늘어졌다. 몽롱했던 의식은 점점 깨어났다. 요가는 몸에도 좋지만 마음 수양에도 좋다. 짧은 요가를 마친 후 아이 책상에 앉았다. 커피를 홀짝거리며 한 편의 시를 필사하고 주문을 외듯 소리 내어 읽어보았다. 필사한 지는 얼마 되지 않았는데, 아직은 그 효과를 잘 모르겠다. 다만 읽을 때마다 나오는 목소리는 매일 조금씩 다르게 들렸다. 상쾌한 기분일 때는 청명한 소리가 나왔다. 휴일 후 출근해야 하는 월요일 아침에는 비장한 선언문이 나왔다. 제일 안 좋았을 때는 마음이 처량했을 때였는데 그럴 때면 구슬픈 목소리가 가슴 전체를 울렸다. 말과 마음은 서로에게 영향을 준다는 걸 실감하는 순간이었다. 힘들 때면 말에 힘을 주어 마음을 밝은 곳으로 밀어 넣으려 애썼다.

텁텁한 공기를 정화하고자 창문을 열었더니 부슬부슬 비

가 내리고 있었다. 비와 함께 촉촉하고 신선한 습기가 거센 활기로 변해 방을 바삐 돌아다녔다. 책상에 앉아 요즘 읽고 있는 책 《빨간머리 앤》 원서를 펼쳤다. 원서 읽기는 매우 어렵다. 30분 동안 기껏해야 2~3페이지 정도를 읽는다. 대신 뜨거운 죽을 호호 불어가며 한 입씩 먹듯 사전을 일일이 찾아보며 한 단어씩 음미할 수 있는 장점이 있다. 한글을 읽었을 때와는 분명 다른 감동이다. 아름다운 문장을 발견할 때는 괜스레 가슴이 벅차올랐다.

잠시 아무도 없는 어딘가에 혼자 있는 듯한 착각에 빠졌다. 등 뒤 열린 창문으로 들이치는 빗소리와 차들이 지나가며 만들어내는 물 마찰음이 마치 폭풍우 치는 날 바닷가의 파도 소리처럼 들렸다. 돌연 비를 관통하고 길 건너편 어느 집에서 개 짖는 소리가 들려왔다. 다들 잠든 암흑 사이로 혼자 울고 있는 개의 감정을 그려보았다. 다소 심심함과 약간의 애달픔, 살짝 외로움과 조금의 배고픔이 뒤섞인 종합감정 선물 세트였다. 빗소리와 차들의 파도 소리, 새벽 개가 짖는 소리가 하나로 어우러져 화음을 만들었다. 그 모든 잡음을 음악으로 감상하며 이런저런 잡념에 빠졌다.

그때 사람의 말소리가 저 아래에서 훅하고 밀려들었다.

고개를 돌리고 창가로 다가가 밖을 바라보았다. 길 건너 24시간 해장국집 앞에서 두 사람이 대화하고 있었다. 그중 한 사람의 절제되지 않은 목소리는 정제 없이 내 귀까지 들려왔다. 여태 술을 마신 듯 취기의 늪에서 빠져나오지 못한 소리는 언어가 아닌 새벽이 연주하는 곡을 방해하는 날카로운 소음이었다. 그 소음을 막을 방법이 없어 차라리 마음을 다해 받아들이는 쪽을 선택했다.

마지막으로 밤새도록 술을 마셔본 지가 언제였던가? 술에 의해 형언할 수 없는 감정을 내뱉어 본 지는 또 언제였던가? 창밖 누군가의 새벽을 깨는 웅얼거림은 방아쇠가 되어 나의 풋내나던 시절을 폭발시켰다.

이윽고 두 사람은 떠났다. 나는 다시 상념에 잠겼다. 지난밤 머릿속을 휘젓던 사람과의 과거는 비극으로 끝났다. 그러나 이런 아침에는 그런 비극이 어울리지 않는다. 잿빛 하늘 아래 떨어지는 비로 머리와 가슴이 같이 깨어나는 날이다. 옥상 햇살 아래 말려 해의 냄새를 가득 품은 빨래처럼 의식은 보송보송한데, 마음은 비에 젖어 촉촉했다. 그것은 방황으로 얼룩졌던 날과는 분명 달랐다.

어느 틈엔가 마음은 편안해지고 나의 안온은 평범한 하

루를 비범한 운명의 날로 변신시켰다. 비 오는 날 새벽은 특별하다. 마음의 창을 활짝 열고 빗물이 품고 있는 영별한 순간을 받아들이면 행복에 겨워 감사의 마음이 저절로 우러나온다.

오늘도, 기적의 날이 찾아왔다.

영혼은 결코 나이를 먹지 않는다

나보다 나이가 한참 많은 지인과 나이에 관한 대화를 하던 중이었다. 그녀가 말했다.

"나이 들면 눈치껏 젊은 사람을 위해 자리를 비켜주어야 해. 직장에서도 젊은 사람들이 많아야 활력이 넘치거든."

얼마 전 그녀는 직장에서 그녀보다 나이가 많은 상사 L의 편협한 태도에 상처받았다. 그 이유를 알기에 무언가 대꾸하려다가 그냥 잠자코 고개를 주억거렸다. 나이가 들면 흔히 지혜와 관록이 쌓인다고 하지만, 어떤 이들은 시간이 지날수록 자신의 세계관에 갇혀 귀를 닫고 불통의 삶을 산다.

그런데 그런 불통의 소통방식이 과연 나이 듦 탓일까? 슬며시 의문을 가져본다. 아니 가져야 한다고 생각한다. 만약 그것이 오직 나이 탓이라면 나이 들어가는 모든 존재에 대한 서러움이 북받쳐 오른다. 어떤 이는 나이 들어감을 시들어 가는 꽃에 비유하고, 어떤 이는 라테와 함께 예전의 역사를 거들먹거리는 꼰대로 연상한다.

예나 지금이나 나보다 나이 많은 사람과의 대화는 어렵다. 그들은 왠지 대화 속에 함께 있지 않고 대화 위에서 나를 내려다보며 파악하고, 진단하고, 평가할 것만 같다. 그래서 어쩌다 윗사람과 대화할 기회가 오면 주로 청자가 되었다. 가만히 있으면 중간은 가기 때문이다. 그렇게 수줍고 내성적인 소녀 같던 내가 어느덧 마흔 중반이 되었다. 세월이 야속하여라. 언제 이렇게 시간이 흐른 것일까? 막상 남들이 보기에도 어른이라는 말이 전혀 어색하지 않은 나이가 되었지만, 나란 사람은 별로 바뀐 게 없다. 변함없이 인간관계로 상처받고, 불쑥불쑥 불안한 감정이 올라온다. 미래에 대한 초조함도 가시지 않는다.

불완전한 내면의 민낯을 세상 밖으로 드러내기는 쉽지 않다. 나이 들수록 제일 두려운 건 세상의 평판이다. 차선책으로 선택한 방법은 타인과의 적당한 거리 두기였다. 적당한 거리는 안전하다. 나에 대해 많이 드러내지 않을수록 나쁜 평가에서 멀어질 수 있다. 그건 마치 무풍지대에 사는 것과 같다. 바람이 불지 않아 머리카락 한 올 망가질 염려가 없다. 그러나 안전은 이중적인 속성을 지닌다. 안전의 뒷면은 타성이다. 타성에 젖으면 늙어가는 것 이외에 할 일이 없다. 그렇게 나이 들어가긴 싫다.

생각이 거기까지 미치면 갑갑한 일상을 벗어나고 싶어진다. 타인의 평가에 갇혀 있던 직장에서의 시간을 벗어나면 여태껏 해보지 않았던 새로운 시도에 갈증을 느낀다. 낯선 경험은 나만의 세계에 영원히 갇힐 뻔한 위험에서 구출시킨다. 나를 모든 일에 서툴렀던 시절로 되돌린다. 그 기분은 썩 나쁘지 않다. 풋풋하고 때 묻지 않았던 시절로 되돌아간 듯한 혼동을 일으킨다.

지금은 세계에서도 인정받는 원로배우 윤여정을 정말 좋아하게 된 건 오래전 보았던 한 TV프로 〈꽃보다 누나〉 속 인터뷰 때문이었다. 그때 질문자가 나이 들어보니 뭐가 달라졌냐고 질문을 하자 그분은 "60이 되어도 몰라요. 이게 내가 처음 살아보는 거잖아. 처음 살아보는 거기 때문에 아쉬울 수밖에 없고, 아플 수밖에 없고, 계획할 수가 없어."라고 답했다. 이 얼마나 솔직한 답변인가. 60이 되어도 70이 되어도 인생을 다 알 수가 없다. 나이 듦도 처음 겪어보기 때문에 몸이 쇠약해지고 노쇠할지언정 정신은 몽고점으로 푸릇푸릇한 아이처럼 여전히 세상에 대해 배워야 할 점투성이다.

그 말을 통해 젊음은 절대적인 것이 아닌 상대적이라는 사실을 깨닫는다. 내가 반짝반짝 빛나는 스무 살의 젊음을 부러워할 때 50대의 상사는 나의 젊음을, 70대의 엄마는 50대의 젊음을, 90을 바라보는 옆집 할머니는 엄마의 젊음을 못 견디게 부러워하며 말한다. 참 좋은 시절이라고.

더는 잡을 수 없는 시간을 아쉬워하며 나의 청춘은 이미 끝났다고 탄식하고 싶지 않다. 그 시간에 오늘의 젊음을 낭비하지 말아야겠다. 관점에 따라 얼마든지 영원한 젊음을 유지할 수도 있다.

영혼은 결코 나이를 먹지 않으니까.

잠이 걷히지 않는다

새벽 기상을 한 이후 나의 아침 일상은 자로 잰 듯 적확하고 규칙적이다. 예전 게으른 신선의 삶을 주창할 때를 생각하면 지금은 정말 다시 태어난 사람이다. 문제는 우리 딸. 아침마다 아무리 어르고 달래고 화를 내어봐도 절대 쉽게 일어나는 법이 없다. 매번 눈도 제대로 못 뜨는 아이와 초반 평화 협상을 시도하지만, 딸의 귀를 향해 들어간 말은 일방통행 도로에서 한쪽으로 사라지는 자동차들처럼 다시는 내쪽으로 돌아오지 않는다. 침묵을 향한 절규의 끝은 흐물거리는 연체동물이 되어버린 몸무게 40kg짜리 아이를 양팔로 겨우겨우 일으키며 마무리된다.

며칠 전 그런 아이와 아침에 있었던 일이다.

'화내지 말아야지.'

매회 긴장감을 고조하는 날카로운 음악 위로 누군가의 악을 쓰는 소리가 얹어지며 끝나는 막장 드라마 같은 결말을 그날은 반복하고 싶지 않았다. 크게 한숨을 내쉬고 딸의 어깨를 부드럽게 흔들었다.

"우리 예쁜 딸, 아침이야. 일어나야지."

"………."

어색한 웃음소리까지 곁들여졌지만 아이는 이불과 물아일체가 된 듯 미동조차 없었다. 감정의 저울에 화가 조금씩 얹어지며 삐걱거리는 소리가 나왔다. 내 언성이 약간 높아지자, 아이의 얼굴이 미세하게 흔들렸다. 눈은 똑같이 감고 있었지만, 입은 서서히 열리더니 나지막이 말이 흘러나왔다.

"엄마…. 아직…. 잠이 걷히지 않았어…."

순간 그 말이 던지는 정체 모를 힘에 멈칫하였다. 잠이 걷히지 않았다니. 이 얼마나 천재적인 발상인가. 역시 아이의 언어는 어른에게 가르침을 준다. 아이를 일으켜 화장실로 보내고 잠시 생각에 잠겼다. 그 말에 담긴 깊은 철학에 조금 숙연해지는 마음마저 들었다. 걷히지 않은 상태를 다르게 표현하면 둘러싸여 있어 시야가 막혀있다는 말이 된

잠이 걷히지 않는다

다. 밤새 나를 덮고 있던 잠이라는 의식의 이불이 걷혀야 비로소 정신이 제대로 깨어나는 것이다.

이 현상이 어디 잠뿐이겠는가. 구름이 걷혀야 선명해진 하늘에 해와 달이 모습을 드러내고, 안개가 사라져야 탁 트인 경치도 펼쳐질 수 있다. 연극은 극장의 커튼이 올라가기 전까지는 시작되지 않는다. 우리의 안구 뒤쪽을 싸고 있는 망막이란 신경조직 막도 이상이 생기면 망막증이 발생해 시력을 감소시킨다. 그런가 하면 한여름 호텔이나 은행, 병원 등에는 정문에 설치된 공기 커튼이란 시설이 있다. 통로에 만들어진 공기의 흐름은 위에서 내려와 내부의 차가운 공기가 빠져나가지 않고, 외부의 더운 공기가 들어오지 못하도록 차단하며 쾌적한 온도를 유지해 준다. 심지어 정체를 알 수 없는 사람을 베일에 싸인 존재라고 표현하지 않든가.

무엇보다 이렇게 각종 표현과 상상을 불러일으키는, 싸여있고 걷힐 수도 있는 존재 중에는 우리의 마음을 둘러싸는 막이 있다. 마음의 눈에 막이 가려진다면 상황을 올바르게 볼 수 없다. 편견이란 막이 생기면 충분한 근거 없이 사람을 판단하게 되고, 우울의 휘장이 드리워지면 신체적 활동을 포함한 모든 행동이 급격하게 감소한다. 화라는 거대한 감정의 핵폭탄이 폭발해 핵 구름이 솟아오르면 구름 막이 모든 이성을 집어삼키는 경우도 생긴다. 한 번 이렇게 부정적인 막이 내면에 형성되면 쉽게 걷어내지 못한다.

그럼 어떻게 해야 이런 마음의 검은 장막들을 걷어낼 수 있을까?

편견의 막을 걷어내려면 신념의 귀를 활짝 열어야 한다. 신문 기사나 유튜브 영상도 한쪽으로 편향된 것만 보지 않고 여러 생각과 의견을 수렴하는 게 좋다. 우울의 휘장을 걷으려면 일단 조금이라도 움직여야 한다. 아무것도 하기 싫을수록 무엇이든 해보는 것이야말로 가장 효과적인 방법이다. 거창한 행위가 아니더라도 아침에 일어나서 이불 개고 세수하고 밥 먹는 등 작은 행동부터 부담 없이 해 보면 된다. 화의 구름 막이 진정될 때까지 그 상태에서 떨어져 웅크리고 있는 것이 최선이다. 화를 인지하고 농도가 옅어질 때까지 기다릴 줄 아는 지혜가 필요하다. 부정적인 감정의 원인이 되는 요소를 객관적으로 보고 암울한 예측이 실제로 일어날 일인지 아닌지를 이성적으로 판단해 쓸데없는 감정의 동요를 예방했으면 한다.

나를 괴롭히는 감정의 막으로부터 자신을 보호하기 위해

서는 우선 막 안에 감춰진 세포의 핵과 같은 자존감의 강화가 요구된다. 막강한 자존감을 가진 사람에게 감정의 막은 손으로 걷어낼 수 있는 커튼과 같다. 자존감을 강화하기 위해서는 평소에 자신을 가치 있는 사람이라고 생각하고 응원해야 한다. 자신이 해내지 못한 일을 생각하기보다 해낸 성공에 집중하고 가능한 한 많은 성취감을 느껴볼 것. 성취감이 계속 쌓이면 처음에는 결코 이루지 못할 것 같았던 목표에도 도전할 수 있는 자신감이 생길 수 있으니까. 기분이 너무 가라앉는 날에는 잠시 모든 일을 내려놓고 자신을 위로하는 시간을 가지기 바란다. 일부러라도 짬을 내서 좋아하는 일을 하며 인생의 소소한 즐거움을 만들어 보는 방법도 있다.

잠의 장막을 걷고 아침을 열듯이 마음의 시야를 가리는 모든 막에서 과감하게 벗어나야겠다. 가리는 게 사라져 시원해진 눈으로 세상을 헤쳐 나갈 수 있도록 말이다.

복숭아를 먹은 죄

여도지죄(餘桃之罪) : 먹다 남은 복숭아를 먹인 죄라는
말로, 총애를 받는 것이 도리어 죄를 초래하는 원인이 된
다는 뜻 (출처: 네이버 지식백과)

옛날 위나라에 왕에게 총애받던 아름다운 '미자하'라
는 소년이 있었다. 미자하는 어머니가 병이 났다는 연락
을 받자 허락 없이 왕의 수레를 타고 집으로 달려갔다.
당시 왕의 허락 없이 왕의 수레를 타는 사람은 발을 자르
는 벌을 받게 되어있었으나 왕은 미자하의 효심을 칭찬
하며 벌을 내리지 않았다. 또 한 번은 미자하가 왕과 과

수원에서 산책하고 있을 때였다. 미자하는 복숭아를 하나 따서 한 입 먹어보더니, 먹던 복숭아를 왕께 바쳤다. 신하들은 그의 행동에 경악했으나 왕은 그 맛있는 것을 다 먹지도 않고 자신에게 바친 마음이 갸륵하다며 기뻐하였다. 세월이 흘러 미자하의 아름다움이 빛을 잃자, 왕은 그를 예전처럼 사랑스럽게 여기지 않았다. 그러던 어느 날 미자하는 작은 죄를 지었다. 그러자 위나라 왕은 지난 일을 떠올리며 말했다. "이놈은 옛날에 허락 없이 내 수레를 탔고, 먹다 남은 복숭아를 내게 먹였다. 그러니 큰 벌을 내려라." 예전이라면 용서받고도 남을 일로 미자하는 무거운 벌을 받게 되었다.

"엄마, 퀴즈!"

아침 출근을 위해 집 밖을 막 나서려는 참이었다. 어디선가 딸이 대뜸 튀어나와 두 팔을 활짝 벌리더니 내 앞을 가로막으며 소리쳤다. 작년에 《이야기로 지혜를 엮는 EQ 고사성어》라는 책을 한 권 샀었다. 아이에게 자기 전마다 책에 있던 고사성어를 하나씩 읽어주고 그에 얽힌 이야기를 해주었는데, 이후 아침마다 나를 막아서고는 고사성어 퀴즈를 내라며 성화다. 이렇게만 보면 우리 딸이 학구열이 심히 드높은 아이처럼 보일 수 있다. 괜한 오해를 사고 싶지 않아 미리 말하자면 딸은 그냥 내 출근길을 막아서는 데 재미들렸을 뿐이다.

"엄마, 빨리 퀴즈!"

딸의 말에 순간적으로 고사성어 하나를 떠올렸다.

"'먹다 남은 복숭아를 먹인 죄'라는 뜻으로 사랑을 받던 것이 도리어 죄를 부르는 원인이 된다는 말은?"

뒤따르는 딸의 힌트 요구.

"같은 행동도 사랑받을 때와 미움받을 때가 다르게 받아들여진다는 뜻이야."

이번에는 첫 번째 단어만이라도 알려달라고 보챘다.

"여…."

"앗, 여도지죄!"

"딩동댕."

"히히, 오늘도 맞췄다."

"아니, 맞추는 게 중요한 게 아니라 그 뜻을 아는 게 중요한 거지. 예전과 비슷한 행동을 했는데 왜 상대가 다르게 받아들인다고 생각해?"

"음…. 그거야, 사람의 마음은 변하니까."

출근길에 아까 딸이 한 말이 머릿속에 계속 맴돌았다. 그런 내 시야로 차도에서 이리저리 치여 다니는 정체불명의 검은 비닐봉지가 들어왔다. 봉지는 겨우 내려앉아 자리를 잡나 싶으면 다음 자동차가 쌩하고 지나갈 때 다시 솟아올랐다. 영화 〈아메리칸 뷰티〉에서는 '리키'라는 등장인물이 하얀 비닐봉지가 바람을 타고 펄럭이던 장면을 영상으로 찍어 세상에는 우리가 보지 못하는 아름다움이 숨어있다는 암시를 던졌다. 그러나 그날 아침, 바람의 힘에 이리저리 쓸려 다니던 검은 봉지는 마치 평안할 날 없는 인간의 마음 같아 보였다.

별안간 얼마 전 누군가와 나눴던 대화가 부력이 커져 떠오르듯 생각의 수면 위로 올라왔다. 작년에 그녀는 같이 일하는 직원에 대해 참 사려 깊게 얘기한다며 세상에 저만한 사람이 또 없다고 했었다. 그런데 그날은 같은 사람을 두고 말이 너무 많아 참으로 피곤한 스타일이라고 말했다. 그리고 보니 일전에 직장 상사 역시 내게 처음에 봤었을 때는 수줍어하고 말도 잘하지 못했었는데 몇 년 새에 엄청나게 변했다고. 이제는 무슨 말을 해도 이죽거리며 잘 받아친다고 웃으며 농담한 적이 있었다. 그때는 그 말을 그냥 흘려들었는데, 생각해 보면 내가 변했다기보다 시간이 주는 익숙함에 그 사람의 나에 대한 마음이 바뀌었던 게 아니었을까.

사람의 마음이 끊임없이 변한다면 상대의 마음이 바뀔 때마다 계속 거기에 맞추며 살아야 할까? 아니면 상대의 변심에도 굴하지 않고 나다움을 유지하며 살아야 할까?

인간이라면 누구에게나 '인정 욕구'가 있다. 어릴 적부터 우리는 부모나 선생님, 친구들에게 인정받고자 끊임없이 노력하며 자랐다. 특히 관계 지향적인 문화권에서 자란 우리에게 타인이나 집단의 인정은 아주 중요한 문제이다. 때로는 옳고 그름을 따지기보다 관계에 해로운 영향을 미치는 일인지 아닌지에 더 초점을 맞추도록 무언의 압력을 받기도 한다. 스스로 만들 수 있다고 생각하는 자존감까지도 일정 부분 외부의 평가와 맞닿아 영향을 받으며 형성된다. 원만한 대인관계를 위한 기술은 삶의 질과도 밀접한 연관이 있다.

그러나 이 모든 확실한 이유에도 불구하고 시시각각 변하는 타인의 생각이나 감정에 너무 연연하며 살고 싶진 않다. 어차피 타인의 비위에 맞춰서 행동한다고 해도 상대를 영원히 만족시킬 수는 없다. 모두에게 사랑받는 길도, 영원히 사랑받는 방법도 없다. 그럴 바엔 차라리 타인에게 끌려

다니지 않고 그냥 나로서 사는 게 더 낫다.

물론 내 마음도 시시각각 변한다. 제일 좋은 방법은 감정
의 파도가 하루에도 수십 번씩 휩쓰는 지금의 자신에게 맞
추기보다 되고 싶은 미래의 자신에게 맞추는 삶이다. 그
렇게 해야 살면서 여도지죄를 겪더라도 자신을 탓하진 않을
테니까. 오늘 아침 출근길에서 문득 누구에게도 휘둘리지
않고 내가 원하는 인생길을 걸어가야겠다고 결연하게 다짐
했다.

비교의 시작

　사람들은 흔히 하나보다 둘이 더 좋다고들 한다. 나 역시 둘이라는 숫자를 좋아한다. 가끔은 혼자 있는 시간도 좋지만, 그 시간이 길어지면 외롭고 울적해진다. 만사가 귀찮고 혼자서 모든 걸 해결해야 하는 불편함도 감수해야 한다. 그러나 둘이 되면 '백지장도 맞들면 낫다'는 속담처럼 서로 의지할 수 있고, 음식을 먹으러 갈 때도 고민이 되는 두 가지 메뉴를 한 가지씩 시킬 수 있다. 물론 짬짜면의 탄생과 치킨집의 프라이드와 양념 반반 메뉴는 수많은 결정 장애인들에게 신세계를 안겨주었으나(사실 이 부분에서조차 이상하게 모든 반반 메뉴가 맛이 별로 없다고 느끼는 건 나만의 착각

일까?) 여전히 많은 분야에서 사람은 혼자일 때 욕심과 한계 사이에서 결정의 어려움을 겪고 있다.

셋 이상이 되면 불균형이 일어나고 갈등을 촉발할 우려가 있다. 둘만 있었을 때 참고 넘어가던 일도 머릿수가 늘어나면 편이 갈라져 싸움으로 이어지기도 한다. 싸움까지 가지 않더라도 일단 사소한 시비가 붙으면 가운데 낀 사람은 중재하거나 어느 쪽에 손을 들어줘야 하는 곤란한 상황에 놓인다. 이 밖에도 내가 다른 숫자보다 둘이라는 숫자를 좋아하게 된 계기는 풍부하다. 둘이라는 숫자는 기억 속에 균형과 조화, 화합 등의 긍정적인 단어로 각인되어 있다.

그런데 오늘은 이상적이라고 생각했던 숫자 둘에 관해서 다시 짚어보게 된 일이 있었다. 조금 한가한 오후에 함께 일하던 간호사 두 사람과 대화하던 중이었다. 한 사람이 타 부서에서 일하는 두 여직원에 관한 이야기를 꺼냈다.

"당연히 둘 다 괜찮은데, 저는 그 사람이 훨씬 낫더라고요. 표정도 좋고 말하는 것도 그렇고, 여러모로 태도가 좋아서 그런지 마음이 더 가요. 다른 사람은 그에 반해 일에 대한 적극성이 좀 떨어지고 자신감이 없어 보여요."

그녀는 거침없이 둘 중에 누가 더 나은지에 대해 평가

했다.

　대화에 언급된 두 사람은 동갑내기라 늘 붙어 다니는 사이 좋은 친구이기도 했다. 그러나 나와 비등한 조건을 가진 누군가가 내 옆에서 일한다면 그건 남들이 주는 비교의 눈초리에서도 완전히 벗어날 수 없다는 의미와 같다. 설사 타인의 비교 평가를 전부 차단할 수 있다고 하더라도 여전히 완벽한 방어는 될 수 없다. 사실 옆에 있는 사람과 제일 비교를 많이 하는 사람은 그 누구보다도 바로 자신이다. 비교하는 상대에 비해 앞서 있다면 승리감을 가질 수 있겠지만 뒤처져 있다면 끊임없이 자신을 책망하고 깎아내리는 패배감을 받아들여야 한다. 물론 사람은 승리했을 때보다 패배했을 때를 훨씬 강력하게 받아들이며 오래도록 마음속에 담아둔다.

　대학 시절, 내게도 절친이 있었으니 우리는 꽤 죽이 잘 맞아 낮이고 밤이고 붙어 다녔었다. 친구는 내성적이고 반사회적이었던 나와는 달리 눈부시게 밝고 싹싹하며 사교적인 성격이었다. 그로 인해 친구는 학교 다니는 내내 애인이 있었고 교수님들의 총애 역시 한 몸에 받았었다. 그런 친구를 보며 한 번씩 열등감을 느끼고는 했었는데, 그러던 중 내

못난 감정에 쐐기를 박은 사건이 발생했다.

대학 졸업 전, 병원에 이력서를 내기 위해 담당 교수님의 추천서를 받으러 교수실에 찾아갔을 때였다. 교수님은 내가 들어가고 싶다고 했던 병원에서 원하는 이미지(?)가 내 이미지와는 좀 맞지 않는다고 말했다. 대신 나를 좋아할 만한(그 시절 교수님의 언급 속 이미지는 도대체 무엇이었을까? 이 부분은 영원히 풀리지 않는 미스터리로 남았다) 다른 병원에 추천서를 써줄 테니 그쪽으로 이력서를 넣으라고 했다. 교수님의 눈 밖에 나면 불이익을 당할까 봐 두려웠다. 하는 수 없이 교수님의 의견대로 다른 병원에 응시했다. 결과는 서류 전형에서 탈락이었다. 그런데 교수님이 내가 그토록 원했던 처음 병원의 추천서를 내 친구에게 써주었다는 소식을 한참 뒤에 제삼자를 통해서 들었다. 심지어 그 친구는 그 병원에 들어가려는 마음도 별로 없었는데 교수님의 적극적인 추천으로 곧바로 취업했다.

그때 그 일로 친구나 교수님을 원망하지는 않았다. 원망 대신 선택했던 건 그녀보다 내가 대체 무엇이 부족했을까 하는 끝없는 회한과 반성이었다. 세월이 흘러 그 시절 마음의 상처는 다 아물고 이제는 기억의 흉터처럼 자리잡고 있지만, 가끔 나보다 한두 발 앞서간 동료나 친구를 보면 벌어진 격차를 헤아리며 자신을 작고 초라하게 만드는 안 좋은 버릇은 아직도 있다.

돌이켜보면 그때 친구를 바라보며 나의 부족함을 저울질했던 마음이 과연 둘이란 숫자에서 출발한 건지 의심이 생긴다. 조금만 깊이 고려해 보면 숫자에는 잘못이 없다. 몇 가지 요소만 보고 둘 중 하나는 맞고 하나는 틀렸다거나, 한쪽이 더 낫고 다른 쪽은 못났다는 판단은 이치에 맞지 않는다. 친구는 취업하고 나는 취업을 못 했다고 내가 그녀보다 열등한 존재라는 공식은 틀렸다.

비록 지금, 이 순간에도 타인이 던지는 비교에서 완전히 벗어날 수는 없겠지만, 나만이라도 타인과의 비교를 멈춰야겠다. 누구보다가 아닌 어제의 나보다 발전하기 위해서 자신을 더 관대한 마음으로 돌봐야겠다. 비교의 감옥에 갇혀 영혼을 고문하기보다 도전과 새로운 경험을 바탕으로 비교 불가, 대체 불가의 유일한 나를 만들고 싶다.

오늘도 비교에서 벗어나 자신의 가치를 드높이는 누군가를 응원한다.

가오나시가 쓴 가면 뒤에 결핍이 숨어있었다

　모처럼 여유로운 토요일 오후, 딸과 넷플릭스에서 뭐 볼
게 없나 찾아보다가 〈센과 치히로의 행방불명〉을 발견했다.
한때 미야자키 하야오 감독과 제작사인 스튜디오 지브리의
열렬한 팬이었다. 옛 시절의 향수를 불러일으키는 제목을
보자 반가운 마음이 앞섰다. 2002년 작이라 내용이 어떠했
는지 기억이 가물거려 다시 보고 싶어졌다. 아이와 함께 보
기에도 좋은 작품이라 딸에게 적극적으로 추천했다. 예전에
같이 본 〈이웃집 토토로〉와 〈하울의 움직이는 성〉을 제작한
감독이 이 작품 역시 만들었다는 설명도 덧붙였다. 보기만
해도 기분이 좋아지는 토토로를 기억한 딸은 흔쾌히 좋다고

대답했다.

작품의 줄거리는 이러하다. 치히로라는 여자아이가 부모와 함께 이사하는 날, 그녀의 아버지가 운전 중 길을 잘못 드는 바람에 기묘한 분위기의 터널 앞에 도착한다. 세 사람은 걸어서 터널을 통과하여 신의 세계로 들어간다. 배가 고팠던 치히로의 부모는 뭔가에 홀린 듯 아무도 없는 음식점에서 계속 음식을 집어 먹다가 돼지로 변해버린다. 치히로는 돼지가 된 부모의 모습에 겁을 먹고 그 자리에서 도망친다. 홀로 남아 위기에 빠진 소녀는 홀연히 나타난 하쿠라는 소년의 도움으로 목숨을 건지고 그 세계의 온천에서 일하게 된다.

20년이란 세월이 전혀 느껴지지 않을 정도로 지금 봐도 세련되고 독특한 스타일의 명작이었다. 주인공인 치히로와 하쿠를 비롯하여 온천장의 주인인 마녀 유바바, 그녀의 쌍둥이 마녀 제니바, 온천장의 물을 담당하던 가마 할아범 등 하나같이 개성이 넘쳤던 등장인물들은 극에 몰입도를 더해주었다. 그중에서도 특히 보는 내내 주의를 끌었던 인물이 하나 있었다. 바로 '가오나시'라고 불리던 얼굴 없는 귀

가오나시가 쓴 가면 뒤에 결핍이 숨어있었다

신이었다. 비 오는 날 치히로가 온천에서 일하다가 우연히 밖을 보니 가오나시가 비를 맞으며 처량하게 서 있었다. 그 모습을 측은히 여긴 치히로는 문을 열어둘 테니 들어와 비를 피하라고 말했다. 치히로가 떠난 뒤 그는 열려있던 문을 통해 온천 안으로 들어와 치히로가 곤경에 빠졌을 때마다 도와준다. 그 후 치히로의 관심을 더 끌기 위해 약패를 잔뜩 건네주는가 하면 사금을 전부 줄 테니 옆에 있어 달라고 간청한다.

그러나 돼지가 되어버린 부모와 몸을 다친 하쿠를 구하기 위해 마음이 급했던 치히로는 사금을 거절하고 온천을 떠나려고 한다. 그녀를 향한 가오나시의 집착이 통제 불능 상태가 되자 치히로는 강물의 신에게서 받은 경단을 그에게 먹인다. 마법 경단의 힘으로 가오나시는 다시 잠잠하고 얌전한 상태로 돌아오게 되지만, 끝내 치히로에 대한 미련은 버리지 못하고 그녀의 여정을 내내 따라다닌다. 그런 가오나시의 심리 상태를 관찰하며 마음이 좀 복잡해졌다. 그는 왜 그렇게 치히로에게 집착했던 걸까? 가오나시는 심각한 외로움에 시달리고 있었다. 그가 외로움을 달래기 위해 선택한 방법이 하필이면 한 사람을 향한 광적인 집착이었음을 보며 왠지 모를 안타까움을 느꼈다.

한때는 나도 거대한 해일처럼 덮치는 공허함과 외로움에 잠식당해 많은 것에 집착했던 시절이 있었다. 타인에게 관심받고 사랑받고 보살핌을 받고 싶었다. 가오나시처럼 조절할 수 없는 미련의 끈을 끊지 못해 괴로웠던 경험도 했다. 집착은 찌든 기름때처럼 하면 할수록 더 들러붙어 마음을 답답하게 만들기에 그 시절의 내 삶은 전반적으로 우울하고 염세적이었다. 고독하고 쓸쓸한 감정의 실타래에 실마리를 찾아 계속 풀어보니 '결핍'이라는 실패가 모습을 드러냈다. 가진 게 부족하고 늘 어딘가 모자란 사람이라는 생각은 나를 끊임없이 욕망하고 좌절하게 했다.

어리석게도 결핍을 타인에게서 채우려고 했었다. 말라붙어 황폐해진 영혼의 땅에 물을 붓지 않고 건조한 모래로 채운 격이다. 더 심각한 건 메마른 모래를 타인이 부었다는 오해였다. 자연히 상대에 대한 원망이 생겨났고 그러면서도 상대에게 지나치게 매달려 두 사람 다 힘들어지는 상황을 만들었다. 원망과 집착의 악순환이 반복되자 상대는 지쳐 떠나버렸다. 그 후로도 긴 시간 동안 내 영혼의 땅을 비옥하게 만들어 줄 사랑을 언젠가는 만나리라는 헛된 희망을 버리지 못했다. 오랜 방황의 끝에야 비로소 자신 이외에는 그 누구도 텅 빈 내면을 채워주지 못한다는 걸 깨달았다. 그렇게나 갈구하던 생명수는 사실 직접 끌어 올려야 했었던 우물물이었다. 그걸 깨닫고서야 내면의 결핍을 내 힘으로 채우려는 노력을 시작했다. 그것은 동시에 모든 집착에서의 자유를 의미했다.

결핍은 결코 불행이 아니다. 비록 일련의 과정에서 수없이 잘못하고 상처도 많이 입었지만, 만약 원했던 모든 것이 충족된 삶을 살았더라면 이런 각성을 할 수 있었을까 하는 의구심을 품어본다. 더군다나 글이라는 생전 써보지도 못한 나만의 창작물이 세상 밖으로 나오는 일도 없었을 것이다.

어딘가 모르게 짠한 가오나시의 무표정한 가면을 바라보며 결핍은 내면이 성장하도록 하늘이 준 기회임을 알게 되었다.

가해자가 된 피해자

아침에 걸어서 출근했다. 뚜벅뚜벅 걷다 보니 사방에 가을을 알리는 기색이 역력했다. 이 계절은 평범한 사람에게도 시인의 감성을 선물로 준다. 길가에 서서 붉은 유혹을 흘리는 단풍나무는 사람뿐만 아니라 하늘까지 홀릴 기세였다. 황홀한 황금빛 물결을 담고 있는 은행나무는 구스타프 클림트의 그림에서 막 튀어나온 듯했다. 살랑살랑 부는 바람에 내리는 낙엽 눈은 오직 이 시기에만 눈에 담을 수 있는 자연이 지어낸 예술이다.

새벽에 환경미화원이 청소한 듯 낙엽이 길 가장자리에

일렬로 소복이 쌓여있었다. 마른 낙엽을 밟을 때마다 버석 버석 낙엽 부서지는 소리가 났다. 그 소리를 계속 듣고 싶어 조심스럽게 낙엽이 쌓인 쪽을 밟아가며 걸어갔다. 여름과 겨울은 길어지고 봄가을은 갈수록 더 짧아지고 있다. 마치 종일 칭얼대던 아기가 자는 시간처럼. 그래서 더 소중하고 아쉽다. 이렇게 기분 좋은 가을의 한가운데에서 걸을 수 있다는 건 작지만 큰 행운이다. 행운을 내뿜는 소리에 기분은 한껏 고양되었다.

계속 걷다 보니 큰 사거리 근처까지 다다랐다. 멀찍이 있는 신호등이 막 빨간 불로 바뀐 걸 확인하고 느긋하게 걸었다. 사거리에 점차 가까워지자, 신호등 앞에서 어떤 여자 둘이 다소 험악한 분위기로 대화하고 있는 게 보였다. 그 옆으로는 차 한 대가 갓길에 세워져 있었고, 약간 떨어진 보도에 자전거 한 대가 덩그러니 놓여있었다. 순간 접촉 사고가 났나보다 짐작했다. 가을 분위기에 들떠있던 내 가슴은 한순간에 철렁 내려앉았다.

그쪽으로 점점 다가가자, 그들의 얼굴이 조금씩 커지며 선명하게 보였다. 50대 중반으로 보이는 여자가 화가 난 듯 양손을 허리에 올리고 목에 핏대를 세우며 목청 높여 말하고 있었다. 그 앞으로 족히 60대 중반은 훌쩍 넘어 보이는 여자가 자전거 헬멧을 쓴 상태로 상대방의 말을 들으며 연신 고개를 조아리고 있었다. 아니 무슨 일이길래 연장자에게 저렇게 함부로 소리를 지르나 싶어 신호를 기다리는 척하며 그들 옆에 서서 50대 여자가 하는 말을 엿들었다.

"아니, 생각이 있는 거예요. 없는 거예요? 그러다 큰 사고가 났으면 어쩔 뻔했어요! 제가 진짜로 칠 뻔했잖아요!"

그들의 대화로 미루어 짐작해 본 사건은 이랬다. 50대 여자는 옆에 세워져 있던 SUV 차량의 운전자이고, 그 앞에서 미안해하며 고개를 숙이던 60대의 여자는 자전거의 주인이었다. 자전거의 주인은 신호등이 초록 불로 바뀌지도 않았는데 신호를 무시하고 건널목을 건너려다가 우회전하려던 차와 부딪힐 뻔한 것이다. 다행히 다친 사람은 없어 보였다. 그제야 무례하다고 생각했던 차주의 행동이 어느 정도 이해가 되었다. 세상에는 이렇게 얼핏 보았을 때 편견의 자로 쉽게 재단했던 일이 자세히 드러나면 완전히 다른 결말인 경우가 종종 있다.

이에 찰리 채플린의 유명한 말이 떠올랐다.

'Life is a tragedy when seen in close-up, but a

comedy in long-shot.' (인생은 가까이서 보면 비극이지만, 멀리서 보면 희극이다.)

애초에 희극배우이자 영화감독이었던 채플린의 삶과 영화에 대한 신념이 드러나는 말이지만, 이 명언을 앞서 보았던 일에 적용해본다. 내가 멀리서 겉으로 드러나는 상황만 보았을 때 사건의 진상과는 완전히 다른 짐작을 했던 것처럼 잘 알지 못하는 어떤 사건을 두고 한두 가지 단서만으로 쉽게 판단하고 결론을 짓는다면 그 속에 감춰진 진실을 놓칠 수 있다.

그러고 보니 비슷한 사건이 하나 더 생각났다. 1993년 방영되었던 드라마 〈걸어서 하늘까지〉로 명성을 크게 얻었던 터프가이 이미지의 대표 배우 최민수는 2008년 노인 폭행 사건을 일으켰다. 당시 언론에서는 그가 힘없는 한 노인을 폭행한 후 자동차에 매달아 끌고 갔다고 보도하여 한동안 세간이 떠들썩했다. 사람들은 그를 비난했고 이에 최민수는 기자회견을 열어 무릎을 꿇고 사죄했다.

그러나 그 사건은 훗날 무혐의로 종결되었다. 알고 보니 피해자 노인은 수백억 원대 자산가였다. 최민수는 노인 소유의 음식점 앞에서 일어난 불법 주차를 단속하는 과정에서 노인이 구청 직원을 막고 있던 모습을 보고 직원을 도와주려고 했었다. 그 과정에서 노인에게 항의하다가 시비가 일었을 뿐 노인을 폭행한 적이 없었다. 명백히 대중매체의 자극적인 기사에 이끌려 모든 걸 판단하고 죄 없는 사람을 마녀사냥으로 몰고 간 사례다.

어떤 경우든지 신중하게 판단하고 진상을 제대로 알기 전에는 타인을 함부로 비난하길 지양해야겠다. 나태주의 시 〈풀꽃 1〉처럼 자세히 보았을 때 아름다운 풀꽃조차 스쳐 지나갈 때는 어지럽게 흩어진 잡초로만 보인다.

마음의 겨울나기는 사람 난로로

길을 걷던 중 길가에 세워진 간판 하나가 눈에 들어왔다. 간판에는 하얀 바탕에 빨간 글씨로 'We are open! (우리 열었어요!)'이라는 문구가 쓰여 있었다. 돌연 그 문장이 주는 느낌이 좋아졌다. 문을 열었다는 말이 마음의 문을 활짝 열라는 메시지로 다가왔다.

나이가 들수록 타인을 향해 마음을 여는 일은 쉽지 않다. 친밀한 인간관계 역시 점점 줄어든다. 살면서 관계로 인해 상처를 많이 받았을수록 자신을 보호하기 위해 타인과 일정한 간격을 유지한다. 어쩌다 너무 가까이 다가오려는 사람이 있다면 일단 한 발짝 뒤로 물러나서 의심의 눈초리로 바라보게 된다. 그런 경우는 대부분 본인의 특정한 목적을 위해 접근하는 사람일 확률이 높기 때문이다.

직장에서 만난 사이와는 격의 없이 지내기 어렵다. 가정주부도 아이를 매개체로 다른 학부모와 적당한 불편함이 산재하는 관계를 맺는다. 어릴 적 친구나 가족처럼 가장 가까운 사람에게도 상처받는데 하물며 어른이 된 이후 만난 타인은 어떠하겠는가. 살면서 인간관계로 인한 갈등만큼 힘든 것이 없다. 갈등으로 인한 심리적 타격이 심각한 경우에는 그로 인해 사람에게 영영 마음의 문을 닫고 살기도 한다.

그렇지만 가끔은 낯선 이와의 만남에 용기를 내보았으면 좋겠다. 새로운 인간관계를 형성하는 일은 인생을 지금보다 더 풍요롭게 한다고 확신한다. 타인과의 긴밀하고 끈끈한 관계는 심리적 안정에 본질적인 역할을 한다. 당연히 '친구는 옛 친구가 좋고, 옷은 새 옷이 좋다'는 속담처럼 나의 역사를 함께한 오랜 친구와의 깊이 있는 관계도 중요하다. 가끔 일과 관련하여 스트레스를 받았을 때는 가족보다 전후 사정을 이해하는 동료에게 실질적인 위로를 받기도 한다.

그러나 난생처음 보는 상황을 맞이하거나 새로운 관심사가 생겼을 때 거기에 맞는 사람과 교감을 나누면 삶의 만족도가 훨씬 올라간다. 특히 생소한 도전을 할 때 그 분야에서 앞서 있는 사람에게 다가가 조언을 구하면 혼자서 끙끙거리며 노력하는 것보다 더 빨리 발전할 수 있다. 요지는 인간관계에 한계를 두지 말고 관계의 범위를 확장하자는 것이다.

물론 어느 정도의 위험부담은 언제나 있다. 새로운 관계를 맺다 보면 나와 결이 맞는 사람도, 맞지 않는 사람도 있다. 그 과정에서 때론 뜻하지 않게 상처받기도 한다. 하지만 나와 맞지 않는 사람을 만날까 두려워 그 어떤 낯선 만남조차 시도하지 않는다면, 내 인생은 왜 맨날 이 모양 이 꼴이냐고 불평하며 살 수밖에 없다.

최근 몇 년 동안에는 힘든 일이 생겼을 때마다 독서 모임 친구들에게 고달픈 마음을 토로하고 정신적인 지원을 받았다. 새벽 기상 모임을 시작한 이후로는 아침마다 응원의 메시지를 나누며 긍정적인 마음으로 하루를 시작했다. 혹여 우리 중 하나가 요새 몸이 무겁고 아침에 눈 뜨기 힘들다는 말을 꺼내면 누구라고 할 것 없이 자신도 그렇다고 공감하고 격려해주었다. 함께 도전했기에 이만큼 해낸 거라고 감사 인사를 한 이도 있었다. 올해 글을 쓰며 연결된 인연도 참 고마운 사람들이다. 글로 나눈 교감으로 우리는 나이를 초월한 벗이 되었다.

며칠 전에는 주변 사람들에게 글 쓰는 게 너무 어렵다고 투정을 부렸다. 그러자 친구들은 내 상태를 걱정하며 굳이 그렇게 스트레스를 받아 가며 글을 써야 하냐며, 차라리 다른 취미를 가져보라고 말했다. 그에 반해 글쓰기 모임 일원들은 글을 쓰는 사람이라면 누구나 그런 시기가 있다며 그럴 때는 너무 부담스럽지 않게 의식의 흐름대로 막 써보는 것도 나쁘지 않다고 조언해 주었다. 친구들의 나를 생각해 주는 마음도 고마웠으나, 힘들어도 계속 글을 쓰려는 의지를 진정으로 이해하고 독려해 준 모임 사람들에게 이번에 더 큰 위로를 받았다.

마음의 병이 생겨 아프고 슬플 때는 먼저 그 마음을 인식하고 어느 정도 정리할 시간이 필요하지만, 더 빠르고 효과적인 치료제는 사람이다. 이때 주의할 점은 앞선 내 경우처럼 현재 힘겨운 상황에 맞는 사람 주소를 찾아가야 한다. 지금 혹시 상처받을까 두려워 잔뜩 움츠리고 마음의 문을 꼭꼭 닫고 있다면 어깨를 쫙 펴고 가슴을 열어보라고 하고 싶다. 따뜻한 마음으로 나를 대해주는 사람을 찾기 위해서라도 말이다. 당신이 아직 만나지 못한 그 사람은 자신의 자리에서 당신을 기다리고 있을지도 모른다.

추운 겨울이 다가오고 있다. 바야흐로 사람 난로가 필요한 시점이다.

버려진 우산

    매일 다니는 헬스장 입구 옆에는 크기가 꽤 큰 우산꽂이
가 놓여있다. 항상 지나치는 그 우산꽂이에는 비 오는 날뿐
만 아니라 평상시에도 몹시 많은 우산이 꽂혀있다. 놓은 지
얼마 되지 않은 듯 멀쩡한 우산도 있지만, 언뜻 보아도 장시
간 방치되어 우산 살이 적나라하게 노출된 우산도 드문드
문 있다. 비가 오는 날 쓰겠다고 놓고 다니는 사람도 있겠지
만 대부분은 주인이 깜빡하고 두고 간, 즉 버려진 우산이다.
그렇다고 주인이 언제 와서 찾아갈지도 모르는데 함부로 가
져갈 수도 없는 일이다. 헬스장 직원 중 누구 하나 관리하는
사람도 없는 눈치라 우산은 늘 그 자리에서 같은 모습으로

주인을 기다리고 있다.

문득 버려진 우산들끼리 대화를 할 수 있다면 어떤 말을 할까 하고 상상해 보았다. 분명 각양각색, 구구절절한 사연들이 있을 것이다. 인터넷으로 구매한 우산, 비 오는 날 편의점에서 급하게 산 우산, 옛 연인에게 선물로 받은 우산, 직장에서 단체로 맞춘 우산, 사은품으로 제작된 우산 등 모두 출발점은 달랐지만, 지금 여기에 버려졌다는 공통점으로 굳게 단결한 듯 보인다. 과거의 아픔을 서로에게 하소연하고 함께 의지하며 살 것만 같다. 그동안 사력을 다해 일했었을 텐데 우산의 입장에서는 참으로 억울할 따름이다.

우산이란 물건은 여타의 물건과는 다른 독특한 면이 있다. 날씨가 흐린 날 가지고 나가면 설령 비가 오더라도 우산을 펼치면 되니까 든든한 마음마저 생긴다. 누군가를 진심으로 사랑하고 지켜주고 싶은 마음이 들 때는 "우산이 되어 줄게."라는 말을 사용하기도 한다. 그만큼 실생활에 유용한 물건이지만 화창한 날이면 우리는 우산의 존재를 잊고 살아간다. 하긴 이게 어디 우산에만 국한된 일인가. 세상에는 한때는 없어지면 안 될 것같이 소중하다가도 이용 가치가 사라지면 버려지는 물건이 너무나 많다.

누군가에게 잊힌다는 건 참 서글픈 일이다. 어쩌면 인생이란 타인에게 의미 있는 존재가 되어 계속 잊히지 않으려고 발버둥치는 노력의 연속인지도 모르겠다. 여기서 말하는 잊힘이란 단지 기억에서 사라진다는 의미만이 아닌 상대에게 더는 중요한 존재가 아니라는 뜻이다. 기억 한편에 남을 수는 있어도 떠올려도 별다른 감정이 발생하지 않는 그런 회상이야말로 참된 잊힘의 함의이다.

한때는 내게도 곁에 없으면 살 수 없을 것 같았지만, 지금은 굳이 애쓰지 않아도 덤덤하게 기억을 떠올릴 수 있는 사람들이 있다. 아마 그들에게 나도 그런 존재이리라. 그중에는 내가 떠났던 사람도 있고 나를 떠나갔던 사람도 있다. 그때는 서로의 마음을 아프도록 저리게 했었지만, 이제는 관계라는 말이 무색한 사이가 되었다.

그렇게나 사랑했고 내 전부 같았던 사람들이 지금은 너무 희미해져서 오래전 본 영화처럼 몇몇 장면으로만 뇌리에 각인되어 있다. 그 장면들은 보통 때에는 안 보이게 고이 접어져 있다가 어떤 장소나 물건의 영향으로 갑자기 펼쳐진다. 가끔은 특정 노래나 단어를 매개로 연상되기도 한다. 내 의지와 상관없이 문득 그 순간이 떠오를 때는 추억에 젖어

넌지시 감상해본다. 지금 그들은 어디서 어떻게 살고 있는지, 또 그들도 가끔은 나를 생각할지 궁금해진다. 비록 나와의 인연은 끝났지만 그래도 어디선가 잘 지내기를 바란다.

헤어진 누군가를 마음속에서 떠나보내는 건 맹렬한 불꽃을 태우는 과정과 같다. 처음에는 슬픔이 활활 타올라 화마가 모든 걸 집어삼킬 것 같다. 시간이 지나면 불꽃이 조금씩 사그라든다. 마침내는 남은 불씨마저 꺼진다. 그 괴로운 시간 동안 할 수 있는 유일한 일은 불이 꺼질 때까지 인내하며 기다리기이다. 마지막으로 불타고 남은 얼마 되지 않는 추억의 잿가루는 애잔하다. 그렇다고 가루를 마음 주머니에 쓸어 담아 계속 품고 살아갈 수는 없다. 과거는 과거일 뿐 그 속에서 살 수도 없고 살아서도 안 된다.

이제는 그 어딘가에 두고 온 우산 같은 사람들에 대한 헛된 사랑은 과감히 버려야겠다. 대신 지금 옆에서 미소짓는 사람에게 성실하려고 한다. 이들은 가끔 심술궂게 오는 비가 아닌 명랑한 햇살 같은 사람들이다. 오늘도 헬스장 입구를 지나치며 눈에 들어오는 우산들이 왠지 모르게 안쓰러웠다. 항상 그 자리를 지키고 있는 우산이 너무 늦지 않게 주인의 품으로 돌아갔으면 좋겠다고도 생각했다. 하지만 곧 그렇지 못하더라도 어쩔 수 없다고 혼자 단념했다. 설령 우산 주인이 우산을 어디에 두었는지 기억하지 못해도 속상함은 금세 훌훌 털어버리기를. 새 우산과 함께 비 오는 날을 굳세게 맞이하길 기원한다.

토끼와 거북이가 경기할 필요 없는 경주

막냇동생의 아들인 조카는 올해로 초등학교 3학년이 된다. 조카의 얼굴을 보면 그 나이 남자아이 특유의 장난기가 눈가에 한가득 끼어있다. 우리 집에 놀러 올 때면 재잘재잘 쉬지 않고 말도 참 잘한다. 천사 같은 얼굴로 손가락 발가락을 귀엽게 꼼지락거리던 게 엊그제 같은데 어느새 자기 의사를 정확하게 밝힐 수 있는 나이가 되었다. 그 모습이 기특해서 빼곡한 숱으로 너털거리는 머리칼을 사랑스럽게 쓰다듬어주고는 한다. 며칠 전 그런 조카가 놀러 와 대화했을 때의 일이다.

"이모, 토끼와 거북이 이야기 들어봤어요? 근데 그거 아세요? 실제로도 토끼와 거북이를 경주시켜 보면 거북이가 이겨요."

〈토끼와 거북이〉는 재능은 출중하나 게으른 사람보다 재능이 없더라도 꾸준히 노력하는 사람이 이긴다는 교훈을 주는 유명한 이솝우화이다. 원제가 산토끼와 육지 거북(Hare and Tortoise)인 걸로 보아 여기서 나오는 거북은 지상 동물로 분류된 육지 거북일 확률이 높다. (그러나 본래 영어에는 거북이를 지칭하는 단어로 Tortoise만 있었다가 나중에 거북을 분리하는 용어가 필요하여 해당 단어들이 더 만들어졌다고 하니 바다거북일 가능성도 조심스럽게 제기된다.) 육지 거북이든 바다거북이든 느린 건 매한가지다. 그런데 실제 실험에서도 깡충깡충 빠르게 뛰는 토끼를 엉금엉금 걸어가는 거북이가 이긴다니 굉장히 흥미로웠다. 그 까닭이 궁금해서 조카에게 자세히 되물었다. 그러자 조카가 이렇게 대답했다.

"유튜브에서 봤어요. 거북이랑 토끼를 데려다가 경주시켰는데 거북이는 느려도 쭉 앞으로 갔어요. 그런데 토끼는 왔다가 다시 돌아갔다가, 또 이쪽으로 갔다가 저쪽으로 가면서 결국 지더라고요. 신기하죠!"

토끼가 땅에서 날쌔게 뛸 수 있는 천부적 능력을 지녔다는 데에 이의를 거는 사람은 없다. 그에 반해 발이 둥글고 뭉뚝한 육지 거북에게 땅에서의 움직임은 느리고 힘겹다. (바다거북의 경우는 발이 물갈퀴로 이루어져 더욱 힘들다. 이것은 땅에서 걷기 좋게 생긴 우리의 두 발이 수영할 때 지느러미가 있는 물고기에 비해 느릴 수밖에 없는 이유와 맥락을 같이 한다.) 그렇다면 응당 민첩한 토끼가 승리해야 하는데 왜 거북이가 승리했을까?

애당초 두 동물은 경주를 벌인 적이 없었다. 그들은 단지 인간이 만든 경기장이라는 틀에서 마주쳤을 뿐 서로에게 아무런 경쟁의식이 없었다. 날렵한 초식 동물인 토끼는 생존 본능에 의해 주변을 탐색하고 위험을 감지하느라 이리저리 뛰어다닌다. 예민하고 민감하며 주변 사물에 대해 호기심도 넘치는 토끼다. 그동안 거북은 낯선 땅에서 빨리 벗어나고 싶은 생각에 불굴의 의지로 직진한다. (바다거북이었다면 원래 터전인 바다를 향해 가려고 한 걸까?) 뚜렷한 목표 의식을 갖추고 자신이 가진 속도로 줄기차게 한 방향으로 나가는 모습이다.

이 둘 중 어느 동물도 더 빨리 결승점에 닿아 이겨야 하는 시합을 자기 삶과 연관 짓지 않는다. 다양한 탐색과 경험을 추구하는 토끼는 예술가 유형이다. 한 가지 일을 끈질기게 하는 거북이는 전문직 또는 학자 유형이다. 이 둘은 서로를 의식하지 않고 자신의 길을 사방팔방으로 뛰어서 또는 묵묵히 걸어서 간다. 그들에겐 다만 각자의 삶이 있을 뿐이다. 토끼는 빠르다고 거북이의 길을 방해하지 않는다. 거북이의 느린 삶을 함부로 규정하거나 비하하지도 않는다. 이런 그들을 다시 묶어서 경주시킨다고 해도 결과는 같다.

우리도 토끼와 거북이의 삶과 크게 다르지 않다. 사회가 부추기는 경쟁에 끌려다니며 살 필요는 없다. 마치 토끼처럼 여러 가지 일을 시도하며 헤매는 시간도 나름의 세상을 사는 방식이다. 남들 눈에 시간을 낭비하며 정처 없이 배회하는 것처럼 보여도 그동안 사회에서 소외된 부분을 제대로 관찰할 기회를 잡기도 한다. 진정한 창의성은 언제나 남들이 놓치는 곳에서 찾는 법이다. 더구나 이런 사람은 새로운 환경에서 적응력이 매우 높다. 그런가 하면 거북이처럼 처음에는 미숙하더라도 실수하며 배우고 한 분야의 일을 꾸준히 하는 사람은 결국 모두에게 인정받게 된다. 이런 사람은 매사에 쉽게 포기하지 않는다. 정신적인 맷집도 강해서 힘든 일을 겪어도 감정의 동요가 작다.

그저 각자의 성향에 맞는 삶을 찾아 살면서 나와 다르다고 배척하거나 짓밟으려 하지 말아야겠다. 서로가 가진 다양성을 인정하고 나아가 타인의 삶도 지지해 주며 살려고 한다. 나는 외길을 걷는 거북이를 응원하는 토끼가 되거나, 다양한 영감을 찾아다니는 토끼의 삶을 격려하는 거북이가 되리라. 그렇게 조화롭게 공존하며 다른 길을 걷는 사람을 존중하듯 내 삶 역시 존중받으며 살고 싶다.

욕과 나에 대한 고찰

창문을 여니 사늘하다 못해 알싸한 비 내음이 들어왔다. 비는 안 오는데 길이 축축하게 젖어 있었다. 아마도 지난밤에 비가 내렸나 보다. 어스레한 새벽하늘을 슬쩍 한번 올려다보고는 기분 좋게 책상에 앉았다. 요 며칠 내 안에 있던 에너지가 다 빠져나간 것처럼 아침 시간에 멍하니 시간만 보냈다. 그러나 오늘같이 산산한 날이라면 왠지 없던 능력도 생길 것만 같다. 손이 움직이는 대로만 따라가면 생각 뭉치가 사르르 풀어져 멋진 글로 전환되는 그런 초능력이 있다면 정말 행복할 텐데. 아니다. 누구라도 일기는 쓸 수 있다. 일기라도 써보자는 마음으로 모니터를 노려보았다. 그러자 복잡하게 머릿속을 스치던 생각 중 며칠 전 겪었던 일이 떠올랐다. 난 곧 키보드를 두드렸다.

얼마나 지났을까. 한참을 글 속에 빠져있는데 갑자기 등 뒤 열린 창문으로 젊은 남자의 악에 받친 외침이 들렸다.

"야! 이 새끼야!"

순간 깜짝 놀라 바싹 얼어버린 채 귀를 곤두세웠다. 우리 집은 4층이다. 그러니 설령 곧바로 아래를 내려다보았더라도 욕한 사람이 나를 발견할 일은 없었을 것이다. 그런데도 마치 그가 금방이라도 집으로 찾아와 해코지할 듯 두려운 마음에 잔뜩 주눅이 들었다.

그 상태로 몇 초가 더 흘렀다. 주변이 조용해지자 천천히 일어났다. 고개를 빼꼼히 내밀고 창문 아래를 슬쩍 내려다보았다. 길가에는 아무도 보이지 않았다. 방금 환청을 들었던 걸까? 아니다. 환청이라고 하기에는 너무나 명백하게 들렸던 욕설이었다. 다행히 그는 떠났지만, 그가 남기고 간 욕의 잔상이 머리를 집요하게 억눌렀다.

욕이란 정말 대단한 힘을 지닌 언어이다. 단지 한두 마디 단어라도 일단 던져지면 그 속에 응축되어 있던 엄청난 분노와 노여움이 몰아서 터진다. 폭발음은 일시에 퍼져 소리

의 반경 내에 있는 모든 사람의 기분을 급작스레 상하게 한
다. 상쾌한 공기가 순식간에 냉기로 돌변하는 순간이다. 요
컨대 욕이란 내 화를 전달하거나 타인을 모욕할 의도가 분
명한 언어 폭탄이다.

평소에 나는 욕을 잘 하지도 않거니와 말수 자체가 많은
편이 아니다. 혹여 이 말이 타인에게 상처를 주지는 않을까
해서 말을 하기 전 미리 상황에 맞는 단어를 고르고 조합할
때도 종종 있다. 어쩔 수 없이 싫은 소리를 해야 할 때는 하
루 정도 시간을 두고 최대한 감정을 없앤 다음 당사자에게
수정을 원하는 부분에만 초점을 맞추어 말을 하려고 한다.
그런 성향이 타인의 눈에는 속을 잘 알 수 없는 사람으로
비쳤다. 처음부터 그랬던 건 아니었다. 그보다는 지난 20여
년간의 직장 생활로 타인과 이해가 얽힌 관계를 계속 경험
하며 사회 버전의 성인으로 훈련되었다고 표현하는 게 더
적절하다.

그랬던 내가 요즘에 와서 많이 변했다. 생각하기 전에 말
이 먼저 나오기도 하고, 누군가의 따뜻한 위로 한마디에 크
게 감동하는가 하면, 저항할 겨를도 없이 눈물이 대뜸 올라
와 당황하는 일도 적잖이 생겼다. 며칠 전에는 상사에게 요

즘 사람이 왜 그렇게 흐물흐물 해졌냐는 말을 들었다. 글을 쓸 때마다 내면을 둘러쌌던 두껍고 튼튼했던 포장지들이 자꾸만 벗겨진다. 이 변화에 대해 기뻐해야 할지, 슬퍼해야 할지, 아니면 버텨내야 할지를 두고 한동안 고심했다. 결정장애로 갈팡질팡하다가 '뭐 어때. 그냥 이대로도 나쁘지 않잖아.'하고 문제를 물음하지 않고 계절의 변화를 받아들이듯 무방비 상태로 받아들였다.

물론 현실이라는 벽에 부딪혀 그런 감정들이 항상 세상 밖으로 나오지는 못하지만, 막역한 친구가 아니더라도 못난 감정을 들어주는 사람을 만날 때는 서슴없이 미숙한 자신을 드러내는 경우가 조금씩 늘어간다. 견딜 수 없이 화가 날 때는 "임금님 귀는 당나귀 귀!"라고 외치던 설화 속 복두쟁이처럼 대나무 숲으로 달려가 시원하게 욕을 뱉어 버리고 싶을 때도 있다. 욕하고 싶은 마음 자체가 나쁘거나 틀렸다는 생각은 들지 않는다. 감정을 마냥 꾹꾹 누르며 참는 것보다 어찌할 바를 모르겠다면 허공에 대고 소리를 질러서라도 풀어주는 게 더 낫다고 본다.

다만 시도 때도 없이 욕 폭탄을 투하할 수는 없으니 더 좋은 방법에 대해 생각해 볼 필요는 있다. 응어리진 감정을 푸는 방법은 사람마다 다르다. 외할머니가 돌아가신 지 20

년이 지나고 엄마와 외가에 가본 적이 있었다. 이제는 사는 사람이 없어 지붕이 반쯤은 내려앉은 기와집을 찾았다. 어릴 적 기억보다 협소해진 골목 입구와 작아진 집의 크기에 생경한 마음이 생겼다. 내 키가 자란 만큼 모든 풍경이 작아졌다. 내면의 키도 커지면 이전에 힘들어했던 문제들이 어이가 없을 정도로 사소하고 시시하게 느껴질 것이다. 꼭 대학이나 대학원 같이 전문적인 교육 과정을 밟지 않더라도 책을 읽거나 공부를 게을리하지 않으면 사람은 계속 성장할 수 있다.

어떤 이는 힘든 마음을 승화시켜 창조로 끌어내기도 한다. 역사적으로 봐도 고통스러운 마음을 투영시켜 만든 걸작은 무수히 많다. 그림이나 노래, 춤, 무엇이든 감정을 분출할 수 있는 자기만의 방법 하나만 개발해도 도움이 된다. 잠시라도 자신을 짓누르는 무거운 감정을 실어서 멀리 떠나보낼 수만 있으면 충분하다. 한번이라도 이런 경험을 한다면 왜 이걸 이제야 했을까 후회가 될 정도로 좋을 것이다.

문득, 욕을 남기고 간 그가 조금이라도 마음의 짐을 벗어던지고 후련해졌기를 바란다.

미련을 미련스럽게 미련하다

한 번씩 아이 방 벽을 볼 때마다 저걸 어떻게 처리해야 할지 절로 한숨이 나온다. 어쩌다 눈에 띄면 떼어버리고 싶은 충동이 마구 올라온다. 저것만 없다면 벽이 한결 깔끔하게 변할 텐데 말이다.

사건의 발단(?)은 1년 전쯤으로 거슬러 올라간다. 당시 딸에게 독서 습관을 길러주고 싶은 마음이 들었다. 고민하다가 인터넷으로 독서 스티커 판을 검색했다. 그중 적당해 보이는 하나를 골라 프린터로 출력해서 지금의 벽에 붙였다. 이후 딸에게 책 한 권을 읽을 때마다 스티커를 한 개씩

판에 붙여서 총 50개를 다 붙이면 바라는 보상을 해주겠다고 유혹했다.

그즈음에 딸은 자신의 휴대전화에 게임을 내려받고 싶다고 노래를 불렀다. 딸에게 50번째 스티커를 붙이는 날 원하는 게임을 넣어 주기로 약속했다. 스티커 판 맨 아래에 게임이라고 크게 써주기도 했다. 처음 딸은 책을 읽을 때마다 의욕적으로 스티커를 붙여갔다. 스티커의 개수가 불어날수록 딸의 독서 습관도 차차 자리를 잡아 갔다. 여기에 박차를 가하고자 매일 한 시간씩 책 읽는 과제를 추가했다. 물론 이런저런 핑계로 좀 빼달라고 떼쓰는 날도 (꽤) 있었지만, 딸은 매일 꼬박꼬박 책을 읽었다.

그런데 엄마의 눈에 독서라는 아름다운 행위가 습관으로 자리잡을수록 스티커 붙이기는 점점 아이의 관심 밖으로 밀려났다. 참다못해 왜 스티커는 이제 안 붙이느냐고 물었다. 딸은 "그럼 엄마가 붙여주던가."라고 시큰둥하게 대답했다. 아이가 읽은 책이 이미 50권을 훨씬 넘겼지만, 스티커의 개수는 어느 순간부터 더 늘어나지 않았다.

그러다가 기어이 사달이 났다. 어느 날 집에 놀러 온 조카가 휴대전화로 게임을 하는 걸 본 딸은 화가 나서 왜 자기 휴대전화에만 게임이 없는 거냐고 울먹거렸다. 순간 적절한 해명이 떠오르지 않았다. 당황한 나머지 초반 스티커 얘기로 미약한 방어전을 펼치다가 끝내 백기를 들었다. 그날 이후 딸은 자신의 휴대전화로도 게임을 즐길 수 있게 되었다. (지금 이렇게 말하는 데에는 합당한 이유가 있다. 이즈음 딸은 본인의 휴대전화에만 게임이 없었을 뿐이지 이미 내 휴대전화와 게임기로도 게임을 풍족하게 즐기고 있었다.)

아이와 함께 지지고 볶으며 살다 보면 1년이란 시간은 타임머신을 탄 듯 순식간에 지나가 버린다. 청소하다가 문득 혼자서 멈춘 시간의 벽에 사는 독서 스티커 판을 발견했다. 이제는 없어도 괜찮겠지 싶어 그 자리에서 종이를 떼어버렸다. 그 일은 적어도 한 달 동안 기억에서 그렇게 사라졌다.

별 탈 없는 나날을 보내던 어느 날 저녁, 딸이 카랑카랑한 목소리로 나를 불렀다. 무슨 일이 있는가 싶어 방으로 갔더니 딸이 짜증 섞인 얼굴로 물었다.

"엄마, 내가 책 읽을 때마다 스티커 붙이던 종이 어디 갔어?"

이제 필요 없을 것 같아 버렸다고 말했더니 아이는 씩씩거리며 당장 다시 붙여놓으라고 으름장을 놓았다. 삽시간에 어떻게 일을 그따위로 처리했냐고 혼내는 상사 앞에 선 부하직원이 된 기분이었다. 어찌할 바를 몰라 쩔쩔매다가 알았다고 대답했다.

다음날 직장에서 독서 스티커 판을 재출력해서 집에 가지고 왔다. 종이 스티커 판이 벽에 다시 붙자, 딸은 자신의 스티커가 몇 개까지 붙어 있었는지를 물었다. 기억이 잘 나지 않아 대충 30개라고 답했다. 딸은 30개의 스티커를 손으로 일일이 붙인 후 만족스러운 얼굴로 돌아섰다. 그날 이후 또 3개월이 지났고 스티커의 개수는 똑같이 30개를 유지하고 있다. 아이는 단지 스티커 붙이기를 끝까지 완성하지 못했던 게 아쉬워 미련이 남았던 것뿐이었다.

미련이란 무엇일까?

미련이란 버리지 못하는 마음이다. 이미 내 곁을 떠나 과거로 가버린 대상을 마음속으로는 차마 보내지 못하고 계속 매달고 있는 행위이다. 대상은 사람이나 상황이 될 수도 있고 물건 또는 일이 될 수도 있다. 처음 좋아하는 감정으로 생겨난 어린 새싹은 시간이 지남에 따라 사랑이라는 마음의 나무로 점점 자라난다. 미련은 사랑 나무에서 파생되어 나온 감정의 가지 중 하나다. 나무가 더 튼튼하게 자라려면 가지치기가 필요하다. 이처럼 사랑의 대상이 떠난 이후 돌아난 미련이라는 이름의 곁가지를 극진하게 가지치기하지 못한다면 더 큰 사랑을 가진 사람으로 성장할 수 없다.

미련의 가지치기를 간단하게 할 수는 없겠지만, 시간이 많이 흘러갔음에도 미루기만 하는 사람은 계속 과거 속에 시선이 머문 채 자신의 처지를 비관한다. 현재 여기에 있는 실재적 대상이 아닌 과거라는 비실재적 대상에만 집중하니 마음이 공허하다. 이미 관계가 끝난 대상이 마치 자신의 존재를 증명해 주던 중요한 수단처럼 생각되어 차마 마음 밖으로 버리지 못한다. 이 지경에 이르면 사실 과거의 대상을 그리워하기보다 당시 좋았던 감정에 속박당한 것뿐이다. 따라서 설령 그 대상이 다시 돌아온다고 하더라도 소유욕의 해소가 주는 기쁨은 곧 허무하게 사라진다. 미련은 바로 과거를 잡아보려는 헛된 망상이다.

어떻게 하면 스티커 판을 소리소문없이 떼어낼까 고민하다가 이것이야말로 내가 가진 미련임을 깨닫는다. 그날부터 스티커 판을 향한 눈길을 그만 멈추기로 했다. 미련은 미련일 뿐 미련을 미련스럽게 미련하지 말아야겠다.

먼지가 뭉쳐질 때까지

작가이자 가수 이적의 어머니로도 유명한 여성학자 박혜란 씨는 과외 한 번 시키지 않고 아들 셋을 서울대에 보낸 사연이 알려져 숱한 엄마들에게 부러움의 대상이었다. 그러나 내 머리는 그분을 여성학자나 자녀 교육의 멘토로 간주하는 것이 아니라 삶의 지혜를 아는 현인으로 믿는다. 잘 알지도 못하는 사람을 그렇게 규정하는 근거는 바로 아들인 이적이 방송에서 언급한 어머니에 관한 일화에서 기인하였다. 하루는 이적이 지저분한 집을 보고 청소 좀 하고 살자고 했더니 어머니가 이렇게 대답했다고 한다.

"먼지에게 시간을 줘라."

　살림하랴. 일하랴. 공부하랴. 세 아들 육아까지 책임지면서 청소는 절대 우선순위 대상이 아니었으리라. 이는 청소 같이 사소한 일에 너무 목매지 말고 지금 신경 써야 할 중요한 일에 더 집중하자는 의도로 해석된다. 그분에게 비견할 바는 아니지만 딸 하나 키우며 주 6일 일터로 가는 나도 청소를 자주 하지 않는다. 이에 따라 함께 살며 육아를 도와주는 엄마에게 한 번씩 "너는 70이 넘은 엄마를 언제까지 부릴 거냐?" "집안의 먼지 때문에 귀신 나오겠다." "제발 청소 좀 하고 살자."는 등의 잔소리를 들으며 산다.

　사십 평생 그런 엄마의 잔소리를 들어온 귀는 옛날 중국 영화 속 주인공이 혹독하게 무술을 연마한 것처럼 굳게 단련되어 있다. 더불어 TV를 통해 접수했던 그분의 먼지 철학은 지금까지도 최고의 청소지침서 역할을 해주었다. 이런 까닭으로 청소에 관한 나의 신념은 쓸데없이 단호하다.

　오늘 새벽에 책을 읽으려고 딸아이 방으로 들어와 문을 살살 닫았을 때였다. 문 뒤쪽 모서리에서 꿈틀거리고 있던 회색 형체를 발견했다. 순간 거미로 보였다. 흠칫 놀라서 한 발짝 뒷걸음질 쳤다가 다시 천천히 다가가 정체를 확인했다. 만수산 드렁칡처럼 서로 얽히고 설켜진 것은 다름 아닌 엉성하게 뭉쳐진 먼지와 머리카락이었다. 놀란 가슴을 진정하고 먼지 뭉치를 손으로 집어 쓰레기통에 버렸다.

우리 집에 들어온 먼지 뭉치는 어느 날 갑자기 방구석에 몰래 침입한 도둑이 아니다. 미세한 먼지 입자는 먼저 공기 중에 느긋하게 부유한다. 곧이어 우아한 몸짓으로 나풀나풀 바닥으로 하강한다. 인간의 발걸음이 만들어내는 작은 바람에 이리저리 휩쓸려 다니다가 더 갈 곳이 없는 방구석에 안착한다. 먼저 도착한 친구들과 무리를 짓는다. 시간이 흘러 그들의 조직이 커지면 그제야 먼지를 실체가 있는 존재로 눈치채게 된다.

이런 먼지가 존재감을 드러내기까지 꼭 필요한 요소가 있었으니, 그건 바로 시간이다. 먼지만이 아니다. 무슨 일이든지 구체적인 성과가 보일 때까지는 인고의 시간이 요구된다. 선비처럼 기품있게 쓰레기통으로 들어가는 먼지를 보며 문득 먼지의 존재감을 만든 시간에 대해 생각했다.

희한하게도 가끔 무언가를 골똘히 생각하면 세상이 관련

힌트를 보내 준다. 아침에 먼지의 시간에 대해 생각했는데 그날 저녁 한 친구가 카톡으로 인터넷 기사를 공유했다. 배우 이정재가 어떤 재단에서 수여하는 한국 이미지상을 받으며 밝힌 수상소감 인터뷰였다.

"인생에 한 방은 없습니다. 얇은 종이 한 장에 꽉 채워진 글이 모여 성경이나 불경이 되듯, 작은 부분들이 켜켜이 쌓여야 큰 운과 기회도 온다고 생각합니다."

그는 화려해 보이는 배우로서의 성공 이면에 무수히 쌓아 올린 노력이 숨어있었음을 밝혔다. 목적을 향한 방향만 잘 잡으면 노력만큼 정직한 것도 없다. 작은 시도가 쌓여서 산이 되리라 믿고 진득하게 노력과 시간을 잘 버무리면 괄목할 만한 결과는 반드시 나오게 되어있다.

무언가 꿈꿨던 일을 처음 시작할 때 우리는 이미 눈부신 결실을 본 이후의 모습을 그려본다. 성공 후 누리게 될 부와 명성을 떠올리면 즐거운 공상의 나래가 펼쳐진다. 춤을 배울 때는 전문 댄서처럼 아름다운 춤사위를 보여줄 날을 기대한다. 수영강습을 받게 되면 나비가 멋지게 날개를 펼치듯 모양새 나는 접영부터 배우고 싶어진다. (실제로 접영은 영어로 butterfly, 즉 나비다.) 기타나 바이올린 같은 악기를 가르치는 학원에 다니면 성대한 음악회에서 공연하는 전문 연주자처럼 무대에서 연주할 날을 학수고대한다.

그러나 실제로 달인의 경지까지 오르려면 힘들고 지루한 과정을 거치며 빈번히 찾아오는 '현타(현실 자각 타임)의 시간'을 이겨내야 한다. 밥은 뜸 들이는 시간이 지나야 찰지고 맛있어진다. 티끌도 존재가 드러나려면 뭉쳐질 시간이 필요하다. 노력이 성과로 이어지는 그래프는 완만한 곡선이 아닌 계단식 상승을 보인다. 현타의 시간은 계단과 계단 사이의 평지 구간이다.

'나는 노력하는데 왜 안 되지.'

평지 구간에 정체되어 있을 때는 이런 말을 생각하기 쉽다. 뛰어넘고 싶은 이상은 끝없이 올라간 벽처럼 느껴진다. 벽 앞에 서 있으면 마음이 갑갑해져 바로 단념하고 도망치고만 싶다. 그럴 때는 추구하는 이상을 벽이 아닌 벽에 걸린 그림으로 정해보면 어떨까. 지금 만들 수 없는 완전한 상태는 감상용으로 걸어두고 참고만 하는 거다. 단지 어제의 나보다 나아지면 된다고 생각하며 오늘이란 작품을 연속해서 만들면 그걸로도 족하다.

모든 대가가 자신의 이상 앞에서 무너졌다면 우리가 봐온 수많은 걸작은 세상에 탄생하지 못했으리라. 그들은 자신의 현재가 초라하게 느껴지는 정체 구간에서 완벽이 아닌 완성에 집중했다. 수없이 작고 볼품없었던 완성의 시간을 견디고 참아냈다.

시간의 계단을 밟고 나와의 싸움에서 이겨야겠다. 먼지 같은 바람이라도 현실로 드러날 때까지 포기하지 않고 싶으니까.

인생은 슬라임처럼

"또 슬라임이냐. 그게 그렇게 재밌어?"

오늘따라 딸이 방에서 조용히 있었다. 뭘 하나 싶어 들어 갔더니 책상에 앉아서 슬라임을 가지고 놀고 있었다. 슬라 임이란 젤리처럼 말랑거리는 촉감으로 요즘 초등학교 아이 들 사이에서 상당히 인기 있는 장난감이다. 시답잖은 반고 체를 연신 손으로 주물럭거리는 게 뭐가 그렇게 재미있는지 종이 인형이나 가지고 놀던 시절을 지내온 엄마로서는 참 이해하기 힘든 놀이이다.

슬라임 놀이가 유행한지는 좀 되었지만, 아토피가 있는

딸의 피부에 좋지 않을 것 같아 여태 한 번도 사주지 않았었다. 그러다가 얼마 전 딸이 생일 선물로 하도 갖고 싶다고 졸라대서 하는 수 없이 사줬던 게 시초였다. 이후 억눌려왔던 욕구가 한꺼번에 터진 듯 요즘은 매일 슬라임 삼매경이었다. 그럴 때마다 유튜브나 넷플릭스를 안 보고 다른 놀이를 하는 게 어디냐 싶어서 그냥 하게 두었다. 이런 걸 보면 교육상 유해하다고 생각하는 게임이나 미디어를 마냥 차단하는 것도 적정한 방법은 아니다. 설령 부모가 막는다고 해도 아이는 학교나 학원, 또는 광고를 통해서도 여러 정보를 얻고 있다. 게다가 포켓몬 빵처럼 선풍적인 인기를 끄는 현상에 대해서 잘 모른다면 급우들과의 대화에도 끼기 어렵다.

평소라면 그냥 지나쳤겠지만, 오늘은 모처럼 옆에 서서 아이가 어떻게 노는지 흥미롭게 지켜보았다. 딸은 간만에 엄마가 관심을 두자, 기분이 좋았는지 슬라임 놀이가 얼마나 재밌는지에 대해 설명했다.

"엄마 이게 말이야. 촉감이 얼마나 좋은지 몰라. 이렇게 손으로 꾹꾹 누르는 걸 '콕콕'이라고 해. 그리고 이거 보여줄게. 슬라임을 양손으로 잡고 길게 늘어뜨리는 거야. 늘어난 슬라임을 바닥에 펼쳐놓고 한쪽 끝을 살짝 들어 올렸다가 다시 바닥에 확 붙으면, 짜잔! 공기 방울 생긴 거 보이지? 이건 '바풍'이라고 불러. 바풍을 해서 슬라임을 다시 뭉치면, 가까이 와봐. 톡톡 터지는 소리 들리지? 완전 ASMR이야. 이게 슬라임 하는 맛이지."

콕콕이? 바… 풍…? 슬라임을 밀가루 반죽처럼 계속 치대며 생소한 단어를 침을 튀겨가며 말하는 딸이 참 낯설었다. 한창 열을 내며 놀고 있는데 거실에서 손녀를 부르는 할머니의 목소리가 들렸다.

"주말드라마 시작했다! 빨리 와!"

두 사람이 함께 드라마를 시청하는 모습은 우리 집에서 흔하게 볼 수 있는 주말 저녁의 풍경이다. 딸은 그 소리를 듣자마자 손에 있던 슬라임을 책상 위에 그대로 내팽개치고 쏜살같이 거실로 달려갔다.

드라마가 방영되는 동안 새로 산 책을 읽으려고 딸이 떠난 자리에 앉았다. 책상 한가운데에는 슬라임이 둥그렇게 늘어난 채 눌어붙어 있었다.

"어이구, 좀 치우기라도 하고 가지."

혼자 구시렁거리며 슬라임을 옮기기 위해 손으로 잡아보았다. 물컹거리고 청량한 차가움이 손바닥 전체로 느껴졌다. 곧 슬라임은 감기 걸린 아기의 콧물처럼 손가락 사이로 미끄러져 금방이라도 떨어질 듯 말 듯 대롱거렸다. 얼른 다른 한 손마저 뻗어 슬라임 밑을 받치고 돌돌 말아서 책상 가장자리에 내려놓았다.

책을 읽으며 거실에서 할머니와 손녀가 드라마 등장인물의 못된 전 남자친구에 대해 흉보는 걸 정겹게(?) 흘려들었다. 몇 장이나 읽었을까. 우연히 옆을 보니 좀 전에 한쪽으로 치워 놓았던 슬라임이 다시 부채처럼 쫙 펼쳐진 채 큰 원을 그리고 있었다. 어라? 아까 분명히 똘똘 뭉쳐져 있었는데. 언제 저렇게 다시 펴졌지? 의아해하며 손으로 슬라임을 종이 접듯이 접어버렸다. 그러자 슬라임이 다시 슬금슬금 퍼지는 게 보였다. 그 모습이 신기해서 책을 잠시 내려놓고 슬라임을 책상 가운데로 가져왔다.

아까 딸이 한 것처럼 손가락으로 슬라임을 꾹꾹 누르자 구멍이 송송 뚫려서 바닥이 보였다. 구멍은 얼마 지나지 않아 바로 채워졌고 다시 풍선처럼 부풀어 올랐다. 어느 틈에 소매를 걷어붙이고 본격적으로 슬라임을 만졌다. 주먹을 쥐며 쥐어짜 보기도 하고, 딸이 한 것처럼 바풍을 해보기도 하고, 수제비를 만들 때처럼 조금씩 뜯어서 떨어뜨려 보기도 했다. 아무리 쥐어짜고 때리고 찢고 짓눌러도 슬라임은 절대 쓰러지지 않는 오뚝이처럼 다시 서로서로 안정적으로 달라붙어 팽창했다. 잠시 후 그런 슬라임을 조심스럽게 전용 용기에 넣었다. 슬라임은 인기척에 놀라서 동굴로 후다닥 들어가는 뱀처럼 용기로 쏙 들어갔다.

회복 탄력성이란 실패나 부정적인 상황을 극복하고 원래의 안정된 심리적 상태를 되찾는 성질이나 능력을 말한다. (출처 : 네이버 국어사전)

회복 탄력성이란 원래 상태로 돌아가는 힘이다. 행복이란 행복한 나날을 얼마나 많이 보내느냐에 따라 달린 게 아니라, 나를 짓누르는 불행에 맞서 얼마나 다시 용수철처럼 일어나느냐에 따라 달려있다. 내게 찾아온 불행을 한낱 넘어야 할 장애물로 인식하고 이겨내면 그 경험을 토대로 진정한 행복을 느낄 수 있다. 장애물을 많이 넘으면 넘을수록 내면도 점차 단련되어 저항 능력이 강화되고 불행에서 회복하는 속도 역시 빨라진다.

회복 탄력성을 유지하려면 온전한 모양이 없는 슬라임을 잘 보관하기 위해 알맞은 용기가 필요하듯이 적절한 마음 그릇이 필요하다. 연세대학교 언론홍보영상학부 김주환 교수가 쓴 베스트셀러《회복탄력성》에는 회복 탄력성 지수를 가늠하기 위해 KRQ-53 테스트가 수록되어있다. 책에 의하면 자기조절 능력, 대인관계 능력, 긍정성의 세 가지 점수를 총합하면 자신의 회복 탄력성 지수를 알 수 있다고 한다. 테스트의 기준만으로 미루어보아도 긍정성 안에서 자신의 마음을 잘 조정하여 대인관계 능력을 향상하면 회복탄력성을 높일 수 있다는 뜻이 된다. (참고로 우리나라 사람들의 평균 점수는 195점이라고 한다. 나의 결과는 평균보다 1점이 낮은 194점이었다. 자신의 회복 탄력성이 궁금하고 이를 향상하고 싶다면 꼭 책을 읽어보자.)

왜 나한테만 이런 일이 생기는 거냐고 분통을 터트릴 시간에 어떻게 이겨낼지를 고민하자. 그 어떤 시련에도 꿋꿋이 일어나서 당당히 내가 가진 꿈을 채우고 부풀리고 싶으니까. 건강한 마음 그릇에 담겨 오래오래 예쁜 모양을 유지하려고 한다. 행복한 삶을 사는 것이 아니라 내 삶을 행복하게 여기며 살리라.

나는 인생을, 슬라임처럼 살고 싶다.

끊어진 드라마는 다시 이어지고

딸의 방학이 시작됐다. 세상에 있는 수많은 단어 중 단지 떠올리기만 해도 그리운 감정을 불러일으키는 단어가 있다면 그건 단연 '방학'이다. 월요일 아침, 이제는 평생 그 단어와는 인연이 없는 워킹맘은 딸이 깰세라 까치발로 다니며 출근 준비를 하고 있었다. 그런데 평소 등교할 때는 아무리 어르고 달래더라도 깨우는 데만 10분 이상을 허비하게 하는 딸이 7시에 눈을 번쩍 뜨고 일어났다.

지금은 방학 기간이니 더 자도 된다고 말했지만, 딸은 곧장 화장실을 다녀오더니 거실 소파에 풀썩 주저앉았다.

"엄마, 내가 보는 넷플릭스 OO 드라마 어젯밤에 마지막 회를 했는데 자느라고 못 봤단 말이야. 그거 봐야 해!"

영어 공부방 시험에서 백 점을 맞았을 때조차 볼 수 없었던 저 기쁨과 설렘 가득 뒤섞인 얼굴. '아침 댓바람부터 눈뜨자마자 드라마냐?'는 말이 목구멍까지 차고 올라왔지만, 묘하게 귀여운 그 얼굴을 보고는 마음이 약해져 참을 인을 꿀꺽 삼켰다. 아이는 금방 드라마에 몰입했다.

그래 얼마나 기다렸으면 저러겠어. 그냥 재미있게 보라고 혼잣말하며 아침을 차렸다. 그사이 나보다 직장이 먼 남편은 출근을 위해 먼저 집을 나섰다. 식탁에서 혼자 밥을 먹고 있는데 딸이 당황한 듯한 목소리로 다급하게 불렀다. 식탁 너머로 의아한 듯 쳐다보았다. 딸이 칠흑 같은 어둠으로 바뀌어 버린 TV 화면을 손가락으로 가리켰다. 처음엔 대수롭지 않은 듯 "껐다가 다시 켜봐. 뭐 잘 못 누른 거 아니야?"라고 말했다. 딸은 리모컨을 눌러 TV를 껐다가 다시 켰고 넷플릭스를 열었다. 그러자 화면에 로그인하라고 떴다.

우리는 여태 남편의 친구 아이디로 넷플릭스를 보고 있었다. 당연히 나와 아이는 넷플릭스 아이디를 알지 못했다. 마음이 조급해진 딸이 곧바로 남편에게 전화를 걸었으나 금방 시무룩한 얼굴로 끊었다.

"엄마…. 아빠가 지금 출근 중이니까 이따 밤에 얘기하
재…."

딸은 속이 상해서 곧 눈가가 벌게지도록 서럽게 울었다.
그런 아이를 겨우 달래고 출근했다.

오후에 일하고 있는데 남편이 아이까지 있는 가족 단톡
방에 회식으로 좀 늦겠다고 메시지를 보냈다. 별생각 없이
알았다고 답했다. 저녁이 되어 퇴근하고 집에 왔다. 가방을
바닥에 내려놓기도 전에 딸이 쪼르르 달려와서 물었다.

"아빠 언제 올까? 많이 늦을까? 전화해볼까? 난 이제 다
시는 그 드라마 마지막 회를 못 보겠지?"

아이는 그날 밤 중간에 끊어진 드라마가 보고 싶어 아빠
를 목 놓아 기다리다 잠이 들었다.

다음 날 아침, 딸은 일어나자마자 남편에게 달려가 넷플
릭스를 열어달라고 졸라댔다. 그런 아이 옆에 서서 어제저
녁 상황을 설명했다. 어찌나 당신을 기다렸던지 눈물까지
흘렸다고도 말했다. 남편은 그 말을 듣더니 희미하게 미소
지으며 아이를 지긋이 바라보았다.

"뭘 그런 거로 다 속상해했어. 이걸 보려면 아빠가 친구

에게 아이디를 다시 물어봐서 로그인해야 해. 지금은 너무 이른 아침이라 친구에게 전화하기 좀 뭣하니까 이따 물어보고 저녁에 로그인해줄게. 조금 늦게 보는 거지 영원히 못 보는 게 아니야. 그러니까 조금만 더 참자. 알았지?"

살면서 나는 얼마나 많은 경우에 열 살짜리 아이처럼 행동했던가. 아주 작은 일에도 금방 안달하고 좌절했었다. 당장이라도 지구가 멸망할 듯 모든 게 끝났다고 결론지었던 날도 있었다. 사실 그런 경우의 대부분은 단지 그렇게 정하고 포기해 버린 자신에 의해 중단되었을 뿐 진짜 끝이 아니었다. 인생을 역전할 큰 기회를 놓쳐버렸다고 후회했던 순간도 지나고 보니 꼭 그렇지도 않았다. 스쳐 지나간 기회에 연연하는 건 남편과 싸웠을 때마다 공연히 떠올리는 옛 연인의 얼굴처럼 부질없는 일이다. 미래를 위해 꾸준히 노력한다면 또 다른 기회는 언젠가 다가온다. 혹시 그 누구도 영영 기회를 주지 않더라도 실망할 필요는 없다. 기회란 마음만 먹으면 자신이 직접 만들 수도 있다.

한국 현대문학을 대표하는 거장 박완서 작가는 다섯 아이를 낳아 기르며 전업주부로 살다가 사람들이 보편적으로 꿈을 꾸기에는 너무 늦었다고 생각하는 나이 마흔에 글을 쓰기 시작했다. 일본의 아마추어 사진작가 니시 모토 키미코는 2000년 72세에 장남의 사진 학원 강좌에 참여해 사진을 처음 배웠다. 그 후 2011년 82세의 나이로 구마모토 현립 미술관 분관에서 처음으로 개인전까지 개최했다. 그분의 기발하고도 독특한 사진은 워낙 유명하여 소셜 미디어에서도 쉽게 찾을 수 있다.

그런가 하면 나에게는 서른 살에 남편과 호주에 정착한 후 가정주부로 사는 친구가 있다. 그녀는 어느덧 십대가 된 두 딸을 키우며 남몰래 품었던 그림에 대한 열정을 작년부터 세상에 풀어놓았다. 처음 어설픈 스케치부터 그렸던 친구의 그림은 10개월 만에 놀라운 속도로 발전했다. 나는 언젠가 꽃다발을 한 아름 안고 그 친구의 전시회에 가는 날을 손꼽아 기다리고 있다. (친구의 전시회에 가기 위해 호주에 간다니 이 얼마나 멋진 명분인가!)

많은 사람이 결혼하고 가정을 꾸리고 아이를 낳고 기르며 자신의 꿈을 잊고 산다. 그들은 꿈을 특별한 이들만이 가질 수 있는 사치라고 믿으며 말한다.

"난 이걸 하기에 나이가 너무 많아."

"난 재능이 없어."

"너무 늦었어."

"내 주제에 무슨."

꿈이란 빗장을 걸어 잠그고 창고 속에 고이 보관하면 희망의 빛이 들어갈 일이 절대로 일어나지 않는다. 중요한 건 꿈을 꺼내 보는 용기다.

나 역시 지금까지 살면서 무언가를 강하게 열망하고 실행해 본 적이 없었다. 그만큼 굴곡진 삶을 피했을지는 몰라도, 이렇게 사는 게 정말로 원했던 삶이었는지에 대해서는 자신 있게 그렇다고 대답하지 못한다. 누구나 욕망하는 돈이나 명예, 지위에 대해서 큰 성과를 이루지 못했기 때문이 아니라 좋아하는 일을 끝까지 밀고 나가본 적이 없었기 때문이다. 그것은 물론 자라온 환경 탓일 수도 있지만 매사 남의 결정에 의존했던 성향도 한몫했음을 잘 알고 있다.

그랬던 내가 마흔다섯 늦깎이에 무작정 글쓰기를 시작했다. 돈 한 푼 안 나오는 글쓰기였지만, 그저 좋았다. 스무살, 막막한 기분으로 간호학과에 들어가 방황하던 내가 시간을 거슬러 와서 속삭인다. 꿈의 드라마는 끝난 것이 아니라 잠시 중단되었을 뿐이라고. 목소리를 따라 완전히 꺼진줄 알았던 꿈을 다시 켜본다. 당신도 오랫동안 잠들어 있던 꿈을 다시 한번 깨워보면 어떨까. 늦었다는 말이야말로 힘껏 끊어버리자. 늦었다고 생각하는 이 순간조차 지나고 나면 다시 오지 않는다. 꿈꾸는 자에게 기회는 언제든지 되살아난다.

그날 저녁 딸은 기다리고 기다리던 드라마의 마지막 회를 보았다. 오래 기다린 만큼 한 장면이라도 놓칠세라 집중해서 보는 딸의 얼굴에는 환희가 흘러내렸다.

Part 2

마음앓이 한 날엔 지우개로 '앓'을 지운다

힘든 날을 의연하게 넘기면 더 단단한
힘을 가진 사람이 될 수 있다

신의 축복받기 프로젝트

어느 초가을 아침, 출근하기 위해 전기 스쿠터를 타려는데 1층에 매번 세워놓는 자리에 스쿠터가 보이지 않았다. 아뿔싸, 어제 퇴근하려고 했을 때 갑자기 스쿠터 전원이 안 들어왔었다. 도리 없이 병원에 놓고 왔었는데 깜빡 잊고 있었다. 뒤늦게 걸어가기 위해 부랴부랴 길을 나섰다. 집에서 직장인 병원까지의 거리는 도보로 35분 가량 걸린다. 시간이 촉박하여 발걸음에 속도를 내며 걸었다.

이상 기온 탓인지 오늘따라 더웠다. 이미 떠난 줄 알았던 여름 여신이 매서운 햇볕을 던지며 건재함을 과시했다. 등이 조금씩 달구어지더니 따끔거렸다. 이마에서 구슬땀이 또르르 얼굴을 타고 흘러내렸다. 겨드랑이도 땀이 차올라 옷이 축축하게 달라붙었다. 무거운 가방에 햇살의 기세가 더해져 어깨는 더욱 처졌다. 뇌를 관통하는 신경 시스템의 짜증 감지 센서가 열의 발생으로 순식간에 올라갔다. 금방이라도 시스템이 터질 듯 머리가 지끈거렸다.

그 와중에 떨구어진 고개가 내 그림자를 발견했다. 그림자는 길게 늘어져 까만 속내를 진하게 드리운 채 바닥에 질질 끌려다녔다. 검은 머리꼭지는 빌딩 숲 사이로 빨려 들어갈 듯 당겨져 있었다. 그 모습이 주뼛하게 솟은 첨탑처럼 매섭게 보였다. 초조한 마음의 울림이 온몸을 휘감았다. 정면으로 보이는 모든 장면이 땀과 눈물로 만든 안경으로 너울거렸다. 내 어이없는 실수에 자책했다. 재게 걸어 겨우 제시간 안에 도착했다.

아침부터 왈칵 짜증이 난 상태로 업무를 시작했더니 극도로 예민해졌다. 마음이 뾰족하고 날카로운 단면을 가진 유리 조각이 되어 불쑥불쑥 혀를 통해 튀어나왔다. 내뱉은 유리 조각은 같이 일하는 사람뿐 아니라 내게도 상처를 남겼다. 종일 무거운 수레를 힘겹게 끌듯 병원에서 힘들었던 하루가 끝났다. 기진한 몸을 끌고 집에 오자마자 소파에 털썩 주저앉았다. 괜히 소파에 앉아 히죽거리며 유튜브를 보던 딸에게 언성을 높이고 온종일 그것만 볼 거냐고 타박했다. 아이는 눈치를 보며 패드 전원을 껐고, 한숨을 내쉬었다. 그 모습을 지켜보고 있자니 속에서 울화가 치밀어올랐다. 그만 벌떡 일어나 화장실로 달려갔다. 망가진 기분을 딸에게 전가하는 자신이 못나 보였다. 얼른 얼굴에 찬물을 끼얹었다. 진정하자. 아이는 감정 쓰레기통이 아니다.

화장실을 나와 헛헛한 마음에 휴대전화를 들여다보았다. 인스타그램과 페이스북, 여러 단톡방에 오늘 하늘에 무지개가 떴다며 공유한 사진들이 연달아 올라와 있었다. 요정들의 마법으로만 만들 수 있을 것 같은 화면 속 아름다운 무지개들은 단번에 시선을 사로잡았다. 내가 온종일 별일 아닌 일로 자신을 괴롭히고 있었을 때 누군가는 하늘을 올려다보며 무지개를 발견했다. 순간 후회가 소용돌이쳤다.

적어도 마음 하나라도 잘 다스리는 리더가 되고 싶었는데. 오늘 하루는 리더는커녕 부정적인 감정에 주인의 자리를 내어주고 종일 복종하는 노예로 살았다. 이 일을 계기로 이제 땅만 보고 걸으며 현실이 힘들다고 불평하지 않겠다고 결심했다. 현실을 처량하게 만드는 건 단지 내 마음일 뿐이다. 마음을 바꾸면 구름 속에서 빠져나온 무지개를 발견하는 것처럼 현실 속에 감춰진 찬연한 감동을 맞이할 수도 있다.

말만 하는 결심은 마음의 줄에 걸린 채로 흉물스럽게 말라 비틀어지게 된다. 그렇게 말라붙은 자리는 털어내고 닦아내도 후회의 자국이 남는다. 입으로 아무리 결심해도 실천하지 않으면 소용이 없다. 습관으로 만들어야 한다. 습관으로 만드는 과정은 처음 한 달이 제일 어렵다. 궁리 끝에 매일 하늘 사진을 찍어서 인스타그램에 인증하기로 했다.

그리하여 시작한 하늘 보기 프로젝트는 한창 진행 중이다. 하늘의 멋진 순간을 포착하기 위해 틈날 때마다 고개를 들어 위를 올려다보았다. 마음에 드는 구름이라도 발견하면 휴대전화를 양손에 잡고 팔을 뻗어 사진을 찍었다. 하늘을 볼 때마다 한 번씩 재채기가 나왔다. 그 현상이 기이해서 친구에게 말했다. 친구는 그걸 '광 반사 재채기 증후군'이라고 부른다는 걸 알려주었다. (인구 10명 중 1~2명에게 나타나는 증상으로 아츄 증후군이라고도 부른다.) 영미권에서는 재채기하는 사람을 보면 'God bless you! 신이 너를 축복해!'라고 말한다. 그 말을 떠올릴 때마다 푸시시 웃음이 나왔다. 마치 신의 지원을 받는 존재가 된 기분이었다.

어떤 날은 저 멀리 희미해지는 비행기를 잡으려는 듯 기지개를 켜기도 했다. 몸과 함께 오그라들었던 마음도 다림질하듯 펴졌다. 하루 중에 잠깐 쉼표를 챙길 수 있는 기분 좋은 덤을 받은 것 같았다. 이 작은 행동이 무엇을 바꾸겠냐고 반문하는 사람이 있다면 그에게 천기누설을 살며시 흘리고 싶어진다. 당신의 행동이 당신의 감정을 결정한다. 못 믿겠다면 지금 당장 턱을 한껏 위로 쳐들고 눈을 게슴츠레 뜬 채 하늘을 쳐다보라. 그리고 입꼬리를 올려 미소를 만들어 보라고. 나처럼 운좋은 증후군이 있다면 목구멍을 막고 있던 근심 덩어리도 재채기가 되어 멀리 튕겨 나갈 수 있다.

당신도 언제든지 신의 은총을 받을 수 있다. 생각보다 아주 쉽게 말이다.

오징어 짬뽕이냐, 너구리냐, 그 심오한 문제

"내 인생은 갈수록 망해가고 있어."

어제와 별다르지 않던 평일 오후, 대학 동기 단톡방에서 한 친구의 카톡이 올라왔다. 그녀는 올해 초 직장을 그만두었다. 지금은 인생의 휴식을 위해 서울에서의 삶을 정리하고 제주살이하는 중이다.

우리는 25년 지기 친구답게 "무슨 소리냐. 네가 어디가 어때서. 그동안 네가 해낸 일이 얼마나 많은데 그러냐. 그럼 우린 어떡하라고. 제주의 뛰어난 자연경관을 보면서 그게 정녕 할 말이냐?" 등의 위로를 무심한 듯 툭툭 던졌다. 그러나 친구는 일련의 말들이 별 위안이 되지 않는 듯 재차 말했다.

"인생 그만하고 싶다. 노력도 지겹고, 노력하려고 노력하는 것도 지겨워. 노력해봐야 결과가 거지 같아."

거듭하여 다양 각색한 위무와 격려의 말이 쭉 정렬되었다. 그러다 불쑥 미국 샌프란시스코에 사는 친구가 한마디 거들었다.

"나도 어릴 적 영어에 미쳤을 때는 꿈속에서도 공부했어. 그러고 나니 허망하네. 지금은 사십춘기를 심하게 앓고 있어. 풍선에 바람 빠지듯 무기력하구나."

이번에는 샌프란시스코 무기력증의 그녀를 향한 따뜻한 말이 여기저기서 터져 나왔다.

그때 호주 멜버른에 사는 친구가 결정타를 날렸다.

"난 어제도 혼자 휴대전화에 비디오 켜고 말하다가 울었어. 나 미쳤지. 인생이 이리 외로워. 근데 우리의 정서에 외로움이 많아서 그럴 거야. 그뿐일 거야."

이후 단톡방의 분위기가 급속도로 어두워졌다. 한 비행기 안에서 우울의 바닷속으로 다 같이 추락하듯 우리는 일순간 침울해졌다. 사람의 감정이 얼마나 빨리 타인에게 번지는지 그 전파력에 대해 생각하면 한번씩 소스라치도록 놀란다.

이 일은 즉시 베르테르 효과를 떠올리게 했다. 베르테

르 효과란 미국의 자살 연구학자 데이비드 필립스(David Philips)가 이름을 붙인 사회현상이다. 유명인의 자살 사건이 언론에 보도된 이후 일반인의 자살이 급증하는 패턴을 말한다. 약 200여 년 전 독일의 작가 괴테가 《젊은 베르테르의 슬픔》이라는 소설을 발표했다. 소설 속 주인공 베르테르의 권총 자살로 끝나는 결말이 청년들에게 많은 공감을 얻었고, 그 후 유럽에서 모방 자살이 유행처럼 번져 나간 현상에서 유래되었다. 그때 사회적 파장이 얼마나 심각했던지 일부 국가에서는 이 책을 금서로 지정할 정도였다고 한다.

2008년 우리나라에서도 국민 배우라는 수식어가 따라다녔던 고 최진실의 자살 사건이 있었다. 이후 몇 달간 그 사건을 조명하는 TV 및 각종 매체에 의해 온 국민이 함께 울었다. 그중 일부는 우울증에 빠졌으며 모방 자살까지 시도했던 사람도 있었다. 이 역시도 베르테르 효과라고 볼 수 있다. 화면을 통해서만 본 연예인의 우울한 감정에도 이렇게 쉽게 전염되는데 그 사람이 특히 우리와 무척 가까운 가족이나 친구, 연인, 또는 마음이 맞는 동료일 경우에 그 속도는 가히 LTE 급이다. 친구들의 슬픈 얼굴을 떠올리니 마음이 물에 젖은 담요처럼 무거워지고 한편으로는 내 처지도 더할 나위 없이 처량하게 느껴졌다.

그때였다. 여태껏 대화에 참여하지 않았던 서울 용산구 사는 친구가 생뚱맞은 사진 한 장을 올렸다.

"아 고민된다."

고민과 함께 올라온 사진은 바로 라면 오징어 짬뽕과 너구리. 얘는 어디서 뭐 하다가 이제 와 눈치 없이 이럴까.

용산 무념무상녀 "뭘 먹을까?"

샌프란 무기력녀 "크크, 너 우리 카톡 읽었니?"

용산 무념무상녀 "아니."

제주 망한 인생녀 "중요해."

샌프란 무기력녀 "하긴…. 나도 지난 주에 여행 갔다가 집에
     오자마자 너구리부터 끓였어. 인도 음식, 미국 음식만 먹다
     가 너구리 국물을 마셨더니 묵었던 체증이 확 내려가더라."

제주 망한 인생녀 "아씨. 오짬에 한 표."

연이어 모두 한마음으로 오징어 짬뽕과 너구리 중 어느 것을 고를까를 두고 열성적으로 고민했다. 난 주저 없이 너구리에 한 표를 던졌다. 그게 고민할 거리인가? 말할 것도

오징어 짬뽕이냐, 너구리냐, 그 심오한 문제

없이 면발의 최강자 너구리지. 곧 오짬과 너구리의 면발 및 국물에 대한 진지한 논의가 뒤따랐다. 라면 사진 한 장을 시발점으로 절대 권력을 휘두를 것 같던 슬픈 기운이 그렇게, 한순간에 무너졌다.

우리는 언제 그랬냐는 듯 농담을 지껄이며 다시 여느 때처럼 서로를 돌려 까기(?) 시작했다. 채팅창은 활기를 되찾았다. 나락의 늪으로 내려갔던 내 기분도 곧장 날아올랐다.

삶이 나를 힘들게 하고 아무것도 하기 싫고 그냥 모든 것에서 멀어지고 싶을 때. 그럴 때는 고달프고 힘든 인생을 온몸으로 받아들이며 버거워하기보다 일단 지금 뱃속에 무엇을 넣을까부터 고민해야겠다. 인생의 처량함이 뜨거운 라면의 면발을 불 때 한순간에 같이 날아갈 수도 있다. 게다가 성공한 인생도 알고 보면 별거 없지 않을까. 그냥 이렇게 배고플 때 맛있게 먹고, 밤에 잘 자고, 열중할 수 있는 일에 몸을 계속 움직이며, 나와 내 주변 사람들을 사랑으로 돌보면 그걸로 충분하다고. 친구가 나중에 올린 오징어 짬뽕 라면 인증사진을 보며 생각했다.

프로페셔널한 너트 같은 너스(nurse)

요즘 병원 일로 계속 바쁘다 보니 심신이 피로한 건 어쩔
수 없는 현상이다. 눈가에 그늘을 주렁주렁 달고 출근했는
데 아침부터 상사가 불렀다.

"의료기관 평가 준비는 잘 되고 있어?"

여태 그 질문을 용케 요리조리 피했다고 생각하던 차였
는데 갑자기 훅 들어온 공격에 그만 무방비 상태로 당하고
말았다.

"아…. 저…. 요새 계속 환자가 많아서 아직 제대로 준비
하지 못했습니다. 오늘부터라도 조금씩 해보겠습니다."

만화 《드래곤볼》에서나 나오는 강렬한 에네르기파를 한

방 얻어맞으며 출발하는 아침이다. 그동안 서랍에 넣고 미뤄왔던 평가 관련 서류를 다시 꺼냈다.

'아니, 노느라 안 했나. 시간이 없었으니 못 했지. 어휴, 아니야. 정신 바짝 차리자. 내 시간을 내어주며 그 대가를 받는 거야. 이왕 할 거면 차라리 빨리 시작해서 어서 끝내자.'

자꾸만 미꾸라지처럼 미끄러지는 집중력을 다잡아보며 그렇게 오전 시간을 넘겼다.

이윽고 점심시간이 되었다. 평소 점심을 잘 안 먹는 타 부서 간호사가 할 말이 있는 듯 같이 밥 먹으러 가자고 나를 찾아왔다. 우리는 같이 식당으로 향했다.

밥을 먹으며 이런저런 얘기를 하던 중 어쩌다가 내가 제주 일 년 살이 중인 친구 이야기를 꺼냈다. 그러자 그녀는 아주 흥미로워하며 일 년 살이는 어떻게 하는 건지. 그 친구는 그곳에서 뭘 하며 지내는 건지. 일은 어떻게 하고 내려갔는지 등의 질문 세례를 퍼부었다. 마지막으로 그녀가 말했다.

"저는 이 일이 안 맞는 것 같아요. 그냥 다 그만두고 제주 살이나 하고 싶어요. 거기에서는 사람도 삶도 여유가 있어 보여요."

그 말에 뭐라고 답해야 할지 몰라 조금 망설이다 조심스레 입술을 열었다.

"제 친구의 경우는 휴식을 위해 제주까지 내려갈 수밖에 없었던 절박함이 있었는걸요. 꿈꾸는 것도 중요하지만 생계 역시 삶에서 피할 수 없는 문제잖아요. 하고 싶은 것만 하고 살 수 있나요. 저 역시 이 일이 안 맞는다는 생각을 하는 날도 있지만, 그렇다고 무작정 그만둘 수는 없어요."

사람들은 대개 숨조차 제대로 쉴 수 없을 정도로 죽을 것 같은 지경이 아니면 자신에게 주어진 업을 충실하게 수행하며 살아간다. 만약 누군가 왜 꿈을 좇지 않고 원치 않는 일을 하며 살아야 하냐고 묻는다면, 그는 생계의 고귀함을 과소평가하는 사람이다. 세상에 좋아하는 일, 자신에게 찰떡같이 맞는 일만 하고 사는 사람은 별로 없다. 그런 사람이 드물기에 세상은 톱니바퀴처럼 서로 맞물려서 계속 돌아갈 수 있다. 만일 모든 이들이 생계 유지는 버려두고 하고 싶은 일만 하고 산다면 톱니바퀴는 멈추고 세계는 고장날 것이다.

지난날 힘겨운 하루를 마치고 집으로 돌아가는 날이면 속에서 알 수 없는 울분이 귓가에 다가와 간교한 혀를 놀렸다.

"너는 그냥 부속품일 뿐이야. 볼트와 너트처럼 큰 기계가 움직이는 데 필요한 그런 볼품없는 부품. 그러니 네가 없어도 다른 부품이 들어오면 그만인걸."

이제 와 그 말을 되짚어보면 그럴듯한 정답처럼 들리는 오답이다. 조직의 일원으로 일하니 부속품은 맞다. 그러나 어떤 볼트 하나 너트 하나는 기계가 작동하는 데에 필수적인 부속품이다.

며칠 전 출퇴근용으로 타고 다니는 전동 스쿠터에 붙어있는 주차 세움대 볼트 하나가 빠졌다. 이후 세움대가 제구실을 못 해 스쿠터를 어디 벽에 기대지 않고는 세워둘 수 없게 되었다. 그 작은 볼트 하나가 여태 제 몸집보다 수백 배 큰 스쿠터를 온몸으로 지탱했나보다. 이처럼 조그만 나사 하나가 얼마나 중요한가. 게다가 난 병원이라는 환경에서 오랫동안 버텨왔기에 무척 전문적이고 숙련된 간호사 너트(?)로 평가받는 편이니, 자신을 쓸모없는 부속품인 양 구태여 매도할 필요도 없다. 일하기 싫다고 아무런 계획도 없이 사표를 던지고 꿈의 섬으로 간다고 해도 삶은 생각처럼 아름답게 흘러가지 않는다.

상사에게 한 소리를 듣더라도 지나친 자아비판은 멀리해야겠다. 일과 나를 한 몸으로 오인하지 말아야겠다. 일은 일상 속의 일정일 뿐 내가 아니다.

하고 싶은 일만 하고 살 수는 없다. 어차피 해야 할 일이라면 즐기기까진 못하더라도 굳이 피할 필요는 없다. 일과 함께 오는 스트레스조차 잘 달래주어야 하는 아이로 대해야겠다. 오늘 하루도 각자의 자리에서 치열하게 사는 모든 이들은 밤하늘에서 빛나는 별과 같이 찬란한 존재들이다.

가방의 심리적 반발

오랜만에 잡동사니로 쌓여있는 수납장 안 정글을 지나 어둠 깊숙이 숨어있던 가방을 끄집어냈다. 예전에 친구에게서 선물로 받은 토트백이었다. 크기가 커서 온갖 물건을 다 집어넣어도 여유 공간이 넉넉했었다. 가방 색이 지겨우면 뒤집어서 다른 색으로 사용할 수도 있는 양면형이라 실용적이기도 했다. 워낙에 바리바리 짐을 싸 들고 다니는 걸 좋아했기에 한동안 그 가방을 하루가 멀다고 가지고 나갔다.

매일 그 가방을 들고 다니다 언젠가부터 건강을 위해 직장 근처에 있는 헬스장에서 운동을 시작했다. 헬스장에 다닌 이후 운동복에 물통까지 들고 다니려니 좀 더 활동적이고 어깨와 허리에 부담이 덜한 작은 배낭이 필요했다. 잠깐 짊어질 줄 알았던 배낭을 메고 운동한 지가 어언 2년이 지났다. 그러던 중 최근에 큰맘 먹고 노트북을 하나 샀다. 노트북에다 읽을 책이며 작은 필기도구까지 다 들고 다니려니 예전 쓰던 큰 가방이 필요한 시점이 다시 찾아왔다.

배낭에 있던 물건들을 빼서 토트백으로 전부 옮기고 노트북을 넣었다. 역시 조금 무겁기는 해도 모든 물건이 충분히 들어갔다. 만족스러운 마음으로 가방을 들었다가 그 자리에 내려놓았다. 무심코 가방끈에서 손을 떼는데 뭔가 거뭇거뭇한 작은 조각들이 손바닥에 묻어났다. 이럴 수가! 그건 가방 어깨끈에 붙어 있던 인조가죽이 삭아서 으스러지며 떨어져나온 조각들이었다. 순간 목구멍으로 속상함이 울컥하고 새어 나왔다. 비싸고 예쁜 가방은 아니었지만, 친구한테서 받은 의미 있는 물건이었다. 그런 가방이 옷장에서 홀로 유기되었던 세월 동안 적막히 존립을 마감하고 있었다. 죄책감이 밀물처럼 밀려들었다.

물건도 관심을 못 받으면 죽는다.
많이 사용해서 해어지는 것과 사용되지 않아서 삭아버린 건 사뭇 다른 느낌이다. 사용하다가 닳아지고 찢어지고 낡아지는 것은 일상이라는 소모전과 싸우다 입은 영광스러운 상처다. 주인과 함께했던 역사를 만드는 그런 상처는 때론 물건에 대한 애착을 도리어 강하게 만들기도 한다. 그에 반해 주인의 관심이 다른 물건으로 옮겨가며 버림받게 되는 물건은 완전히 다른 인생길을 걷는다. 쓰던 물건은 졸지에 한쪽 구석에 방치되어 조금씩 색이 바래고 너절하게 변해버린다. 그건 마치 버려진 동물이 마음의 상처를 입고 시름시름 아파하는 과정과 진배없다. 세월의 직격탄을 피하지 못한 옛 물건은 철저한 무관심 속에서 그리스 신화 속 여신 이름을 딴 망각의 강물 레테 속에 잠긴다.

《설득의 심리학》에서는 '심리적 반발 반응'이란 말이 나온다. 쉽게 말해 사람은 한번 부여받았던 자유를 갑자기 잃어버리면 오히려 이전에 자유를 완전히 억압받으며 살았을 때보다 더 강렬한 저항을 하게 된다는 뜻이다. 예컨대 1960년대 미국에서 벌어진 흑인 폭동의 경우가 그랬다. 흑인을 차별하던 공식 비공식적인 모든 규제가 철폐되었을 때 초반에는 흑인 가정의 소득이 많이 증가했다. 그러나 이후 실생활에서의 차별이 사라지기는커녕 반대로 심각해지자, 그들의 경제적 지위가 다시 후퇴하며 반발이 거세졌고 기어

코 폭동으로까지 이어졌다.

그렇다면 이런 심리적 반발 현상이 사람이 아닌 사물에도 일어날 수 있지 않을까. 비교적 흥미로운 가설을 세워보았다.

우리가 쓰던 물건에 대한 애착이 사라진다면? 오래된 물건 역시 익숙했던 사랑이 떠나감에 강한 감정적 반발을 일으킬 수 있다.

만약 내 허무맹랑한 가정이 실존하는 현상이라면 이런 시나리오도 가능하다. 나는 나만을 향한 지고지순한 가방의 사랑을 헌신짝처럼 내동댕이친 천하의 나쁜 바람둥이 역이다. 가방은 비극적 운명에 고통받는 비련의 여주인공이다. 눈물 없이는 들을 수 없는 슬픈 사랑과 배신에 관한 이야기. 신파도 그런 신파가 없다. 가방은 미국 정신과 의사 엘리자베스 퀴블러 로스가 발표한 슬픔의 5단계(부정-분노-타협-우울-수용)를 그대로 밟는다. 마침내 자신이 처한 현실을 겸허히 받아들이고 자결을 선택한다.

사람도 물건도 헤어짐이 중요하다. 사용하던 물건을 일정 기간 쓰지 않더라도 추후 다시 쓸 생각이라면 잘 닦아서 습기가 없는 쾌적한 장소에 보관해야 한다. 이것은 내버려

두는 것이 아니라 안락한 장소에 놓고 휴식을 주겠다는 의사 표현이다. 주인의 의도를 이해한 물건은 언젠가 다시 만날 수 있다는 믿음을 갖고 안심하고 잠들 수 있다. 혹여 더는 필요 없는 물건이라면 애니메이션 〈토이 스토리〉의 주인공인 카우보이 인형 우디의 주인이 그랬던 것처럼 물건이 사랑받을 수 있는 다른 곳으로 떠나보내는 것도 좋은 방법이다. 그것마저도 여의찮아 이별의 순간을 맞이하게 되면 영광의 역사를 함께 보냈던 전우를 떠나보내듯이 잘 싸서 이별해야 한다. 그 사랑에 마무리를 정성스럽게 지어야 하니까.

이제 가방과 이별할 시간이다….

포기할 수 있는 용기

"나 대회 포기했어…."

매일 다니는 헬스장에 운동 메이트 한 명이 있다. 나보다 두 살 위인 화려한 싱글의 그녀는 보디 프로필을 네 번이나 찍었을 정도로 이미 준 대가의 반열에 오른 전문가급이다. 그런 그녀가 작년 여름 네 번째 보디 프로필을 성공리에 마친 후 결심한 다음 목표는 바로 보디빌딩 대회였다. 대회는 고사하고 보디 프로필 하나 찍기에도 미천한(이라기보다 우람한) 몸을 가진 내게 그녀의 목표는 결코 도달할 수 없는 신기루처럼 여겨졌다.

처음 시작이야 어찌 되었든 간에 이 바닥에서 중량 운동을 꾸준히 하다 보면 두말할 것 없이 몸에 욕심이 생긴다. 어좁이(어깨가 좁은 사람)는 둥근 어깨를 넓고 각지게 키우기를 꿈꾼다. 배는 근사한 빨래판 모양 복근으로 조각하고 싶어진다. 처진 엉덩이도 성난 듯이 위로 올리고 싶은 마음도 생긴다. 순전히 프로필 사진을 목표로 피나는 노력을 하는 사람들도 많다. 나도 프로필 사진에 대해 상당 기간 고민했었는데 도전하지 않은 까닭은 음식 조절에 있었다.

먹는 게 좋다. 간단히 말해 먹기 위해 운동한다. 매일 기름진 음식을 배 터질 때까지 먹지는 않지만 그래도 먹는 데에 한계를 두는 편은 아니다. 천만 헬스인들의 우상 가수 김종국은 먹는 것까지도 운동이라고 말했다. 그러나 식단이란 운동은 정말 하기 싫었다. 내게는 운동의 목표가 아름다운 몸이 아니라 건강한 몸이었다. (이 대목에서 잠시 내가 만든 뻔한 핑계에 자족하며 웃는다.)

그런 나와는 달리 그녀는 목적지를 향해 힘차게 달리는 지칠 줄 모르는 기관차 같았다. 보디빌딩 대회를 목표로 세운 후 말 그대로 운동에 더 매진했다. 트레이너의 지도를 받으며 본격적으로 대회를 위한 몸 만들기에 돌입하고 운동 시간도 더 늘렸다. 일 년 365일 하루도 빠지지 않고 헬스장으로 출근했다. 그와 함께 안 그래도 조촐하던 그녀의 식단은 갈수록 빈약해져 갔다. 열정의 불이 활활 타올라 그녀 자체가 열정의 화신처럼 보였다. 태닝까지 한 뒤로 완벽에 가까웠던 몸은 완벽을 넘은 헬스 여신의 몸으로 나날이 변모해 갔다.

그런데 그녀의 몸이 다듬어질수록 정신은 월등한 몸을 따라가기 힘에 부치는 것처럼 보였다. 그녀가 날이 갈수록 예민해지자 걱정이 되었다. 그러나 꿈을 위해 노력하는 사람 앞에서 감히 사소한 걱정 따위를 내비칠 수는 없었다. 우려의 말은 불붙는 열의에 찬물을 끼얹는 행위일 뿐이었었으니까. 마지막 결승선을 몇 미터 남기고 길고 긴 레이스 위를 쓰러질 듯 달리는 마라토너에게 그 누가 감히 앞을 가로막을 수 있겠는가. 그녀를 위해 침묵하는 것이 최선이라고 생각했다.

그 상태로 휴식 없이 계속 달리자, 기관차가 슬슬 삐거덕거렸다. 그녀는 몸에서 이상 신호를 느꼈으나 자신의 목표를 위해 그 신호를 무시했다. 처음에 신호는 깜빡거리는 작은 빨간 불빛 정도였다. 조금 성가시긴 했어도 생활하고 운동하는 데 지장을 줄 정도는 아니었다. 대회가 코앞으로 다가오고 있었다. 반딧불이 불빛 같은 작은 불편함에 신경을 쓸 시기가 아니었다.

시간은 무심히도 흘러갔다. 그사이 무시했던 적신호는 점층적으로 커졌다. 결국, 신호는 심각한 경고단계로 바뀌었다. 그녀는 그런 몸을 이끌고도 헬스장에 출근 도장을 찍었다. 힘을 줄 때마다 통증이 온몸을 마비시킬 듯 덮쳤다. 그래도 그녀는 달렸다. 나중에는 너무 아파 몸을 조이는 레깅스를 입지 못할 정도가 되었다.

대회를 불과 한 달 남짓 남기고 그녀는 끝내 포기를 선언했다.

"나 대회 포기했어…."

"언니, 때로는 포기하는 데 더 큰 용기가 필요해. 난 언니가 지금 정말 큰 용기를 냈다고 생각해."

그녀는 주변의 모든 이들에게 대회에 나가겠다고 공표했었다. 시기와 질투 어린 시선도 있었지만, 대부분이 그녀를 응원했다. 그 성원에 보답하기 위해 그녀는 더 열심히 운동했다.

그러나 우리가 살면서 절대 간과해서는 안 될 일이 있으니, 그건 바로 어떤 상황에서든지 자신에게 가장 좋은 선택을 하는 것이다. 평소에는 인생에 끈기가 아주 중요한 요소라고 말하고는 하는데, 지금은 포기의 현명함에 대해 열변을 늘어놓는 것이 참 모순적으로 들리기도 한다. 본래 현실에서는 매번 들어맞는 정답이 없다. 힘든 일상을 헤쳐 나가는데 끈기는 여전히 핵심동력이 된다. 그렇지만 때로는 무엇을 가장 우선시해야 하는지 생각해봐야 한다. 명예나 체면, 위신의 끈에 묶여 계속 끌려다니게 되면 어느 순간 진정한 나 자신은 닳아서 해지고 그 자리에는 남들이 정의한 보기 좋은 허울만 남게 된다.

그녀가 포기한다고 말했을 때 나도 모르게 안도의 한숨이 나왔다. 그녀는 주변의 시선을 이기고 현명한 결정을 내렸다. 영화 속 주인공은 멍들고 다쳐도 절대 포기하지 않고 목적을 이루며 행복한 마음으로 엔딩 크레딧을 올린다. 그러나 우리의 삶은 할리우드 영화처럼 위기의 클라이맥스를 지나 영예로운 해피 엔딩으로 끝나는 공식이 아니다. 현실에서는 내가 망가지는 것이 불 보듯 뻔한 일이라면 끈기만을 앞세워 끝까지 밀어붙일 수는 없다. 찰나의 영광스러운 순간 뒤로 영영 복구 불가능한 결과를 낳을 수도 있기 때문이다. 그렇게 된다면 이후에 다가올 냉정한 현실을 처연하게 견뎌내야 한다.

때론 너무 달렸다 싶으면 쉬어가야 한다. 정말 이 길이

나를 위한 길이 아니라고 판단된다면 멈추는 용기도 필요하다. 이럴 때의 포기는 진짜 포기가 아니라 잠깐의 충전, 또는 새 출발을 위한 숨 고르기이다. 가슴을 따갑게 만드는 자신을 향한 시선과 내면의 망설임을 이기고 용기 있는 결단을 한 그녀에게 가슴 뭉클한 갈채를 보낸다.

포기할 수 있는 용기도 용기가 맞다.

당신이 주인공이 되는 삶

일요일 저녁, 글을 쓰고 있는데 딸아이가 슬그머니 옆으로 다가왔다.

"엄마 뭐해?"

"응. 글 쓰고 있어."

"엄마 글 쓰는 거 나 한번 볼래."

"어…. 어? 그…. 그래."

요즘 틈만 나면 책상에 앉아 키보드를 두드리고 있었으니 뭘 쓰는지 몹시 궁금했던 모양이다. 그래도 글을 보여달라고 한 건 이번이 처음이었다. 애써 태연한 척했지만 사실 좀 당혹스러웠다. 딸이 크면 언젠가 보여주려고는 했었지만, 그날이 생각보다 너무 일찍 왔다. 어차피 영원히 숨길 수 없으니 그냥 보여주자. 뭐 이상한 걸 쓴 것도 아닌데 감추는 게 더 이상한 거다. 그렇게 생각하며 휴대전화로 지난 몇 달간 인터넷에 써서 올린 글 목록을 보여주었다.

쭉 훑어보던 아이가 한 곳에서 눈을 멈췄다.

"어? 복숭아를 먹은 죄? 여도지죄? 이거 내가 아는 건데?"

미처 말릴 새도 없이 아이는 화면을 눌러 글을 열어 보았다. 그 상태로 자못 진지하게 몇 분 동안 손으로 스크롤을 내렸다. 1초가 1분 같았고 1분이 1시간 같았다. 노래 경연대회에 출전한 무명 가수가 심사위원 앞에서 노래를 부른 뒤 심사를 기다리는 심정을 느꼈다.

"뭘 그렇게 오래 봐? 재미있어?"

내가 묻자, 집중해서 읽던 아이가 눈을 반짝이며 말했다.

"이거 우리 아침에 퀴즈 낼 때 했던 내용이잖아! 나 그때 엄마 못 가게 막으려고 장난으로 그런 건데 알고 있었네? 근데 내가 이렇게 대답했었어? 나 기억 안 나는데."

초등학생이 읽기에는 지루한 내용이라 대충 읽다가 그만

둘 줄 알았던 예상이 무색하리만치 아이는 내용을 자세하게 파악하고 그날의 상황을 되새겨가며 읽어 내려갔다. 그런 모습을 보며 글 속에 담긴 내 속마음을 아이가 어떻게 생각할지 은근히 애가 탔다. 아이는 거기서 멈추지 않고 그 후에도 몇 개의 글을 더 읽었다. 그러다가 자신에 대한 대목이 나오면 여지없이 자기가 이랬냐며 신기한 듯 묻고 또 물었다. 보다못해 휴대전화를 빼앗듯 가져왔다. 인제 그만 씻고 잘 준비나 하자고 화제를 돌렸다. (우리 딸 미안해. 엄마의 못난 마음을 다 보여주기엔 아직 엄마가 좀 부끄럽고 창피했어.)

잠시 후 화장실에서 씻고 나온 아이와 나란히 누웠다. 딸은 어김없이 잠이 오지 않는다며 옛날 얘기를 해달라고 졸라댔다.

"엄마가 그럼 옛날얘기 하나를 들려줄게."

이어지는 딸의 조금은 황당한 말.

"엄마, 근데 이것도 글로 쓸 거야?"

"어? 아니, 그런 생각은 안 해봤는데 왜? 엄마가 글로 썼으면 좋겠어?"

"아니, 그냥 궁금해서."

"흠…. 아까 엄마 글 어땠어?"

"재밌었어."

"진짜?"

"응."

"뭐가 재밌었어?"

"내가 글 속에 나오니까 마치 책 속의 위인이 된 기분이 었어."

그랬다. 아이는 자신이 이야기 속에 출현해서 신이 났다. 그러고 보니 예전에 친구들과 단톡방에서 나누었던 대화를 그들에게 동의를 구하고 소셜 미디어에 올렸을 때도 유사한 일이 있었다. 그때 친구들이 마치 소설 속 등장인물이 된 기분이라고 좋아했던 기억이 난다. 같이 운동하던 언니에 관한 글을 썼을 때는 언니가 매우 흡족해하는 눈치였다. 직장에서 유일하게 나의 글 쓰는 이중(?)생활을 아는 이도 자신이 글에 등장했을 때 분명 그 부분을 더 흥미롭게 읽으며 재밌다고 말했었다.

이것은 무엇을 말하고 있는 걸까? 그건 바로 우리 모두가 주인공이 되고 싶다는 의미다. 바꾸어 생각하면 실제 인생에서는 주인공이 될 기회가 별로 없다는 뜻이 된다.

요즘에는 잘 모르겠지만 내가 어릴 적에는 소수의 공부 잘하는 아이들만이 선생님들의 관심을 받을 수 있었다. 나머지 아이들은 관심의 선 밖에 서 있었다. 사회에 나가서도 별반 변하는 건 없었다. 많은 사람이 시스템 내에서 하나의 옵션으로 일하며 월급쟁이로 살아간다. 집에서조차 마음 편히 발 뻗고 눕기보다 가족의 눈치를 살피기 다반사이다. 살면서 자신을 조연으로 만들 기회는 가득 차고도 넘친다. 이에 따라 모처럼 주인공이 될 기회를 잡았을 땐 기쁨이 배가된다.

그런데 왜 우리는 남이 우리를 주인공으로 만들어 줄 때까지 기다려야 할까? 왜 우리는 남의 평가에 그렇게 의존하고 살아야 할까? 만약 그 누구도 나를 중요하게 평가하고 있다는 생각이 들지 않는다면 내가 직접 자신을 인생의 주인공으로 기용해보면 어떨까.

알고 보면 우리는 모두 기적이 만들어 낸 생명체이다. 태어날 때는 1/400조의 확률을 뚫고 세상에 나왔다. 이 세상에 사는 것 자체만으로도 부모에게 살아갈 목적을 주는 유일무이의 존재들이다. 우리는 인생의 주인공이 될 자격이 충분한 사람들이다. 아울러 지금 내 앞에 있는 사람 역시 손등에 긁히는 상처만 생겨도 집에서 놀란 가슴을 쓸어내릴 사랑하는 가족이 있음을 명심해야 한다. 이건 우리가 서로 존중하며 살아야 할 근거이기도 하다.

자신을 깎아내리거나 남과 비교하며 인생이란 연속극에서 나를 조연이나 단역으로 등장시키지 말아야겠다. 아무도 나를 보살피지 않는다고 단정 짓는 건 어리석은 일이다. 자신의 가치를 먼저 인식하고, 인정하고, 보살피며 살았으면 좋겠다. 진정한 주인공이 되고 싶다면 나를 먼저 주인공으로 대접할 필요가 있다.

내 인생의 주인공이 될 권리가 있는 사람은 바로 나뿐이니까.

깜빡거리는 시간의 중요성

또 시작이었다. 언제부터인지는 정확히 기억나지 않는
다. 최근 들어 종종 눈이 뻑뻑하고 따가워서 눈물이 났다.
시도 때도 없이 올라오는 증상이 불편하기 그지없어 괜히
설움이 함께 끓어올랐다.

오늘도 일하던 중에 양파를 썰고 있을 때처럼 눈이 갑자
기 쓰라렸다. 혹시 먼지라도 들어갔나 싶어 휴지로 눈을 꾹
꾹 눌러 닦았다. 처음 이 증상이 있었을 때만 해도 어쩌다
한 번씩 그랬는데, 조금씩 심해지더니 요즘은 매일 그랬다.
어떨 때는 형광등 불빛이 뿌옇게 번져 보이는 증상도 겹쳤
다. 요즘 일이 바쁜 시기라 컴퓨터 모니터 보는 시간이 늘어

난 데다 글을 쓴답시고 개인적으로도 휴대전화와 노트북 모니터를 보는 시간이 늘어난 탓이다. 당장 눈의 피로도를 줄이기 위해 인터넷으로 블루라이트 차단 안경을 검색해서 하나 샀다.

나는 태어날 때부터 시력이 좋았다. 어렸을 때는 시력이 양쪽 다 1.5, 1.5를 가뿐히 넘었었다. 지금도 1.0~1.2 정도는 된다. 평생 안경 쓸 일이 없을 줄 알았는데 현대 문명의 혜택이 주는 폐해를 고스란히 받아 팔자에도 없는 안경을 쓰게 되었다. 시력이 좋은 사람이라도 막연한 호기심과 안경이 가진 똑똑한 이미지가 부러워 한두 번쯤은 안경을 써보고 싶은 마음이 생긴다. 나 역시 철없던 시절에 안경을 쓰고 다니는 친구들을 보면서 그런 소원을 빌었다. 30년이나 지난 지금에서야 이제는 원치 않는 오래된 염원이 이루어졌다.

안경을 쓰고 출근했더니 눈이 나빴었냐고 묻는 사람부터 이제 노안이 온 거라고 덕담(?)을 해주는 사람까지 돌연 관심을 한 몸에 받았다. 괜히 으쓱해져 안경을 손으로 연신 추켜올리며 일했다. 그런데 오전 내내 안경을 쓰고 일했는데도 눈이 또 따가워졌다. 바로 좋아지긴 힘들겠다고 생각하며 잠시 눈을 감고 흐르는 눈물을 닦았다.

퇴근 후 집에 들어와서도 계속 안경을 쓰고 있었다. 남편이 그 모습을 보고 웬 안경이냐고 물었다. 그에게 최근 며칠간 눈에서 벌어졌던 증상을 설명했다. 남편이 말했다.

"그거 안구건조증이네. 화면 보는 시간이 늘어나서 눈에 무리가 온 거야. 그럴 때는 인공눈물을 좀 떨어뜨려 봐. 아, 그리고 휴대전화든 모니터든 집중해서 오래 볼 때 눈을 많이 안 깜빡거려도 그럴 수 있어. 계속되면 그냥 아프다고만 하지 말고 안과에 좀 가보라고."

안구건조증이라니. 듣고 보니 그럴듯했다. 다음 날 안경 너머로 모니터를 볼 때마다 의식적으로 한 번씩 눈을 깜빡거렸다. 세상에…. 이번에는 효과가 바로 나타났다. 눈 따가운 증상과 피로도가 훨씬 좋아졌다. 정말 남편의 말대로 내가 집중하는 동안 눈을 깜빡거리지 않았던 게 증명되는 순간이었다. 너무나 단순한 해결책에 잠시 어이가 없었다.

우리가 현실적으로 부딪치는 문제 대부분도 이와 비슷하다. 등잔 밑이 어둡다는 옛 속담처럼 해결의 실마리는 미처 생각지 못했던 가까운 데에 있는 경우도 많다. 문제를 크게 만들어 과대하게 포장하고 그 앞에서 좌절하는 건 언제나 자신이다. 타인의 문제에 대해서 객관적인 조언을 해줄 수 있는 지혜로운 사람조차 자신의 문제에 대해서는 잘 풀지 못해 끙끙거린다. 나의 문제는 자신과 너무 가까이 붙어 있거나, 혹은 내가 문제 안에 포함되어 있어 전체적인 상황을 제대로 볼 수 없기 때문이다. 그럴 때는 잠시라도 문제를 끊어내자. 노래를 부를 때 1절과 2절 사이의 간주 구간에서 몇 초 쉬듯이. 긴 문장을 몰아서 읽지 않고 쉼표를 찍어 숨을 돌리듯이 잠깐의 멈춤이 필요하다.

보통 스트레스를 피하고자 실천하는 명상의 첫걸음 역시 심호흡하며 자신의 호흡을 인지하는 일이다. 이 역시 일시적인 숨 고르기를 하며 이 순간 살아있는 내 몸을 느끼고 마음을 고요하게 가다듬으라는 뜻이다.

어찌 보면 요즘처럼 일 속에 파묻혀 사는 시기에 내게 가장 필요한 일이 바로 이런 숨돌림이었는지도 모르겠다. 당장 휴가를 낼 수도 없고, 일하기 싫다고 충동적으로 도망갈 수도 없다. 그러니 지금의 내가 할 수 있는 제일 효율적인 선택은 스트레스가 극한에 달하기 전 잠깐씩 휴식하고 커지는 피로를 한 번씩 누그러뜨리는 활동이다.

힘들다고 우는 소리를 내기보다 그저 잠깐 쉬어야 했음을 눈을 세차게 깜빡거리며 깨닫는다.

최고의 인생을 사는 법

친구 A의 직장에서 타 부서 부장님이 지난밤 갑작스레 사망했다고 한다. 그분의 나이 겨우 50세였다. A는 불과 3일 전 부장님을 보았다는데, 그때는 결코 그날이 그분과의 마지막 날임을 알지 못했을 터다.

친구 B의 남편은 오래전부터 사회인 축구 동호회에 들어가 주말마다 축구를 해왔다. 어느 주말 아침, 축구장에서 B의 남편과 함께 뛰던 선수 한 명이 상대편과 머리를 부딪쳐 의식을 잃고 쓰러졌다. 누군가가 곧바로 119로 전화했다. 그는 구급차에 실려 병원으로 옮겨졌으나, 얼마 못 가 중환

자실에서 유명을 달리했다. B의 남편은 사망한 이와 호형호제하며 10년 넘게 가깝게 지냈다. 종종 부부 동반 모임까지 하던 사이였다고 한다. 그 소식을 들었을 때 B와 그녀의 남편은 그가 더는 이 세상 사람이 아니라니 기분이 참 이상했다고 한다. 또 남겨진 아내와 어린 자식들 생각에 마음이 먹먹했다고 말했다. 그의 나이는 불과 47세였다.

친구 C는 멀리서 혼자 사시는 삼촌이 걱정되어 수시로 안부 전화를 했었다. 어느 날 전화 걸면 반드시 받던 삼촌이 며칠째 전화를 안 받자, C는 경찰에 신고했다. 경찰은 거실에서 사망한 채 쓰러져있던 삼촌을 발견했다. 사인은 심장마비로 밝혀졌다. C의 삼촌은 그녀가 어렸을 때 돌아가신 아버지의 쌍둥이 형제였다. C는 아버지와 얼굴이 꼭 닮은 삼촌을 아버지만큼 사랑했었다. 삼촌의 죽음때문에 C는 오랜 시간을 애통해하며 눈물을 흘렸다.

이제는 나이가 들었는지 한 번씩 주변에서 부고를 듣는다. 친구 부모님이나 직장 동료 친인척의 부고는 물론이거니와 나와 연배가 비슷한 이의 갑작스러운 사망 소식도 드문드문 들려온다. 한 치 앞을 모르는 게 인생이라더니 죽음이 언제 우릴 덮칠지는 정말 아무도 모른다.

나는 여태까지 살면서 죽음을 바로 옆에서 목격한 적이
두 번 있었다. 첫 번째는 나를 키워주신 할머니였고, 두 번
째는 아빠였다.

우리 할머니는 말년에 치매라는 병으로 강원도 홍천에
있는 요양원에서 지내셨다. 어릴 적 할머니 손에서 자라 정
이 각별했었기에 그렇게 되어버린 할머니가 너무 불쌍했다.
어떻게 해야 할지 고민하다가 아무에게도 말하지 않고 주말
마다 2시간씩 버스를 타고 요양원에 갔다. 그렇게 8개월이
지나자 결국 체력이 바닥나 버렸다. 뾰족한 수가 없어 동생
들에게 그간의 일을 실토하고 주말에 한 번씩 돌아가며 요
양원에 가자고 제안했다. 동생들은 기꺼이 그러겠다고 말했
다. 그렇게 일 년 정도 왕복 4시간 거리를 동생들과 교대로
다녔다. 내가 가는 날이면 할머니는 여기 사는 노인들이 양
말이며 속옷을 자꾸 훔쳐 간다고 하셨다. 그럴 때마다 일일
이 메모해서 다음 순서로 가는 동생 편에 그 물건을 보냈다.
요양원에서 집으로 돌아오는 버스 안에서 빨리 돈을 많이
모아서 나중에 더 좋은 곳으로 옮겨드려야겠다고 기약 없는
중얼거림을 수없이 내뱉었다.

할머니는 결국 2년을 채 채우지 못하고 요양원에서 돌아가셨다. 그리움이 사무쳤지만, 한편으로는 할머니가 자신보다 사랑하셨던 아빠보다 먼저 돌아가셔서 다행이라는 생각도 들었다. 그 당시에는 아빠 역시 만성신부전의 악화로 혈액투석을 하며 매일 힘겨운 사투를 벌이던 중이었다. 만약할머니가 아빠의 죽음을 먼저 보셨다면 결코 그 슬픔을 감당하지 못하셨으리라.

내 기억 속의 아빠는 평생을 병마와 싸우셨다. 아니 병마를 타면서 사셨다는 표현이 더 적합하다. 당뇨를 기점으로혈압, 당뇨망막병증, 신장암, 신부전, 그리고 뇌출혈로 생을마감하실 때까지 일평생 많은 병이 아빠를 찾아왔다. 집에환자가 있다는 건 슬픔이 탈출구를 찾지 못해 갇혀 있다는뜻이다. TV를 보다가도 슬프고, 밥을 먹다가도 슬프고, 잠을 자다가도 덮치는 슬픔을 막을 방법이 없다. 그때는 세상의 모든 슬픔이란 슬픔이 전부 우리 집에 몰려와 사는 것만같았다. 사람이 심연의 슬픔에 묻혀 살 때는 말수가 없어진다. 그래서 그때의 나는 말이 없는 사람이었다.
할머니와 아빠의 생명이 하루하루 꺼져갈 때 내겐 그 모든 시간이 실로 참담했다. 그저 그 순간이 빨리 지나가길 바랐다. 두 사람이 내 인생의 가장 큰 짐처럼 느껴졌다. 고통이 나의 세계를 전부 덮어버려 여전히 온기가 있던 때의 할머니 얼굴을 만질 수 있는 시간의 소중함을 깨닫지 못했다. 아빠가 죽음으로 가는 길을 쓸쓸하게 걸어갈 때도 두려움으로 떠는 아빠의 손을 따뜻하게 잡아줄 생각을 미처 하지 못했다.

사람이란 참 어리석은 존재다. 지금 내 곁을 함께하는 이와의 시간이 한정적이란 사실은 망각한 채 과거를 후회하고 미래에 대한 걱정에 잠 못 이룬다. 나는 사랑하는 사람을 두 번이나 허망하게 보내며 상심하고 괴로워했지만, 후회해봤자 때는 늦었다. 이제 와 내가 할 수 있는 일은 아무것도 없다. 할머니와 아빠가 없어도 세상은 무서우리만치 어제와 다를 것 없이 흘러갔다. 나보다 더한 고통 속에 살던 엄마는 그 후 한동안 무기력에 빠졌다. 보다 못해 엄마에게 사람도 만나고 모임도 참여해보라고 적극적으로 권유했다. 엄마를 억지로 세상으로 떠밀었다. 새로운 세상을 경험하며 엄마도 차츰 안정을 찾아갔다. 나와 우리 가족은 그렇게 슬픔의 빙하기를 의연히 이겨냈다.

요즘에는 소박하지만, 특별한 순간을 문득문득 감동으

로 바라본다. 소슬히 부는 가을바람에 대롱대롱 매달려 춤을 추는 낙엽, 친구와의 수다 속에서 피어나는 즐거운 웃음소리, 가족과 캠핑하러 가서 활활 타는 모닥불에 생각을 쑤셔 넣는 시간, 여행 후 집에 가는 차 안에서 곤히 잠든 아이의 눈 밑으로 보이는 아기자기한 속눈썹, 그건 분명 후회와 근심으로 점철되었던 날들보다 훨씬 가치가 있다.

기회가 있을 때 소중한 사람과 조금이라도 많은 시간을 보내야겠다. 나중에 떠올릴 때마다 눈물보다 웃음 지을 수 있는 좋은 추억을 최대한 모으고 싶으니까. 현재에 충실하고 순간을 즐기면서 살고 싶다. 그것이 내가 아는 최고의 인생을 사는 방법이다.

양육이란 양쪽의 성장이다

종일 목이 좀 붓고 몸살기 있는 상태로 일했다. 예전에는 몸 상태가 살짝만 안 좋아도 타이레놀로 널리 알려진 해열 진통제 아세트아미노펜을 먹었다. 부작용이 거의 없고 효과가 빨랐기 때문이다. 그랬던 내가 약을 잘 먹지 않게 된 건 무릎 수술을 받은 이후부터다.

10년 전 출산하고 몇 달이 흐른 후, 임신했었을 때 불었던 살을 빼고 싶었을 때도 헬스장을 찾았다. 임신 전 나름 5년간 수영을 해왔기에 운동신경에 어느 정도 자신이 있었다. 아무 때고 갈 수 있는 운동은 헬스가 유일했기에 사실 선택의 여지도 없었다. 그러던 중 헬스장 내에서 진행하는 그룹 요가 시간에 요가를 무리하게 따라 하다가 왼쪽 무릎을 다쳤다. 대수롭지 않게 생각하며 무릎 통증이 심할 때마다 진통제를 먹었다. 그렇게 6개월을 버텼다. 나중에는 주사기로 무릎에 찬 물을 빼고 스테로이드 주사를 맞았을 정도로 상태가 나빠졌다.

우둔하게 버티던 어느 날, 운동하던 중 왼쪽 무릎에서 뭔가 퍽하고 끊어지는 느낌을 받았다. 다음날 병원에서 CT 검사를 받아보니 전방 십자인대 파열로 밝혀졌다. 종내에는 인대를 재건하는 수술을 받았다. 이후 진통제만 먹다가 또다시 병을 크게 키우고 싶지 않아 진통제 먹는 것이 꺼려졌다. 좀 더 확실히 알기 위해 《오래도록 젊음을 유지하고 건강하게 죽는 법》이란 책도 읽었다. 책에서 말하길 우리가 흔히 먹는 항염증제조차 소장과 대장의 점막층을 손상해 도리어 새로운 염증을 유발한다고 했다. 이후 단순 진통제뿐만 아니라 비스테로이드성 항염증제에 이르기까지 아프면 일단 약부터 먹고 보는 버릇을 없앴다.

대신 몸이 안 좋을 때는 최대한 휴식하려고 한다. 특히 오늘같이 몸이 무거운 날 가장 좋은 비법은 잠이다. 저녁을 대충 먹고 딸에게 샤워하라고 말하며 화장실로 보냈다. 잠시 소파에 앉아 축 늘어져 있는데 딸이 다 씻고 머리에 물을 뚝뚝 떨어뜨리며 나왔다. 딸의 축축하게 젖은 머리를 말리기 위해 드라이기를 켰다. 머리가 많이 자라 이제는 허리까지 내려올 참이다. 너무 기니까 조금만 자르자고 했지만, 딸은 절대 안 된다고 요지부동이다.

요즘 따라 딸은 싫다는 말을 입에 달고 산다. 예를 들면 이런 식이다.

"저녁 먹기 전에 씻어."

"싫어. 먹고 할 거야."

"영어 숙제 미리 하자."

"싫어, 일요일에 할 거야."

"이 책 재밌을 것 같은데 한번 볼래?"

"싫어. 재미없어 보여."

"우리 심심한데, 요 앞에 산책하러 나갈까?"

"싫어. 귀찮아. 안 나가."

나누는 대화가 죄다 이러하니, 이대로 가다가는 초등학교 4학년 딸의 사춘기에 옮아 나도 반항기 넘치는 사십춘기를 다시 앓을 지경이다. 그래도 지금처럼 머리를 말려달라고 보챌 때는 영락없는 철부지 같아 보였다. 내 눈에는 앞으로도 영원히 아이로 보이겠지. 그런 생각을 하며 머리를 보송보송해질 때까지 말려주었다. 아이 몸에 로션을 발라주고 옷장에서 새 내복을 꺼내 입으라고 건네주었다. 시계는 이제 겨우 8시 45분을 가리키고 있었지만 이미 반쯤 감긴 눈꺼풀은 대한민국 역도 사상 최고의 기록을 세운 메달리스트 장미란이 와도 못 들어 올릴 정도였다. 딸에게 오늘은 엄마가 좀 피곤하니 일찍 자자고 말했다. 딸은 바로 싫다는 대답을 날렸지만, 내 단호한 말투와 금방이라도 폭발할 듯한 짜증스러운 표정을 살피더니 얼마 못 가 체념하고 옆으로 와 누웠다. 언제나처럼 팔베개해주려고 팔을 쫙 뻗으며 내 쪽으로 오라고 했더니 딸이 말했다.

"싫어. 오늘은 팔베개 안 하고 혼자 잘 거야."

순간 가슴이 휑뎅그렁 해졌다. 곧게 뻗은 팔은 접혔고 서운함은 확 펼쳐졌다.

"그래? 그럼, 이제 네 방에서 혼자 잘 수도 있겠네?"

"아니 그건 싫어. 완전히 혼자는 무서워. 그냥 이렇게 옆에서 혼자 잘 거야."

언제까지나 엄마만 찾을 것 같았던 아이가 처음으로 내 팔베개를 거부했다. 대신 늘 인형처럼 껴안고 자던 베개를 머리에 베었다. 갑자기 아이가 훌쩍 자란 것처럼 보였다. 아니다. 아이는 계속 성장하고 있었는데 내가 무의식적으로 외면하고 살았던 것뿐이다.

양육의 궁극적인 목적은 자식을 혼자 설 수 있는 독립체로 만드는 일이라는 말을 어디선가 들은 적이 있다. 그렇다면 엄마의 품을 벗어나 혼자서 베개를 베고 자기 시작한 딸은 지극히 잘 성장하는 중이다. 싫다는 말을 자주 하는 것역시 자신만의 생각이 커지고 있다는 증거이다. 자립 과정에서 엄마는 그저 믿음을 가지고 아이가 모든 일을 손수 해낼 때까지 지켜봐야 하리라.

그러니까 굳이 허전해할 필요도, 섭섭해할 필요도 없다. 오히려 잘 자라고 있는 딸을 대견한 눈으로 바라봐야 한다. 그렇게 하지 못한다면 훗날 딸이 자라서 실제 독립할 시기가 찾아왔을 때 빈 둥지 증후군에 빠져 헤어 나오기 힘들어질 테니까. 지금부터라도 조금씩 마음의 준비를 해야겠다. 오늘은 한 치만큼의 공간이지만 점점 더 벌어질 거리를 가늠하니 마음 한구석이 맥없이 쓸쓸해졌다.

양육이란 말은 어쩌면 단순히 아이를 기르는 것만이 아

닌 양쪽을 다 키우는 일, 곧 아이와 부모를 같이 성장시킨다는 뜻은 아닐까. 부모가 아이의 거울이라면 거울이 앞에 있는 사물을 비추듯이 부모와 아이는 서로를 비추는 존재라는 말 역시 성립된다. 그렇다면 거울의 이쪽에 서 있는 엄마인 나도 아이의 성장 속도에 맞춰서 성숙한 엄마가 되어야겠다. 아이가 나의 분신이 아닌 독립된 영혼임을 인지하고 인정하고 수용하는 일. 아이만 바라보는 정신적 의존을 넘어서 아이의 눈에 비친 내 삶을 제대로 돌보는 일. 그것이 부모로서 내가 맡은 소임이다. 각자의 홀로서기 과정이 쉽지만은 않겠지만, 우리는 한 뼘만큼의 마음의 거리에서 누구보다 서로를 사랑하고 응원하리라.

벅적지근한 몸을 뒤척거리며 아이에게 내 손이 더는 필요 없어질 날을 그려보았다. 상상이 제 꼬리를 물고 계속 제자리에서 빙빙 돌았다. 혼자서 자겠다던 딸은 그사이 새근새근 잠들어 내 품을 다시 파고들었다. 그런 딸의 얼굴을 그윽한 눈으로 바라보고 머리를 쓸어주었다. 비로소 상상이 꼬리 물기를 멈추었다. 두 눈이 감기자마자 나는 잠의 산책길로 들어섰다.

멍의 치유에 관한 엉뚱 철학

'왼쪽에 큰 동그라미 하나, 오른쪽에 그보다 작은 동그라미 두 개….'

뭘 세고 있냐고? 며칠 전 전기 스쿠터를 타다 넘어져서 양쪽 허벅지에 생긴 멍 개수를 세고 있다. (한쪽으로 넘어졌는데 양쪽 다리가 다 멍든 이유는 아직도 잘 모르겠다.) 코흘리개 꼬마도 아닌데 정말 오랜만에 다리에 자줏빛과 시퍼런 빛이 섞여서 울긋불긋 올라왔다. 가을이라더니 다리에도 단풍이 들었나 보다.

그래도 무릎 안 다친 게 어디냐. 다쳤던 무릎을 또 다쳤더라면 어쩔 수 없이 운동을 쉬었을 테고, 운동을 할 수 없으면 얼마 못 가 체중이 늘었을 거다. 살이 찌면 건강이 나빠질 테고, 건강이 나빠지면 마음이 우울해질 수밖에 없다. 무릎을 다쳤다는 가정 하나만으로도 금세 끔찍한 확증편향이 일어난다. 갑자기 이 정도로 그친 게 참 다행이라는 생각이 들었다.

더욱이 식구들에게는 넘어졌다고 말했었지만, 너무 멀쩡해 보여 증명할 길이 없었는데 검붉게 물든 다리를 확실한 증거로 제시할 수 있었다. 살짝 아픈 척을 했더니 다들 괜찮냐고 물으며 걱정 어린 눈으로 관심까지 준다. 마음을 바꾸어 다시 다리를 보니 멍 자국이 그리 속상하지만은 않았다. 속상하기는커녕 날이 지날수록 점점 낫는 멍이 아쉬워서 자꾸만 다리를 쳐다보았다.

그렇게 나의 멍 관찰 일지가 시작되었다. 처음 금방이라도 피가 튀어나올 것처럼 진하게 검붉었던 멍은 치열한 전투를 하며 세력을 확장하듯이 날로 퍼져나갔다. 그로 인해 언뜻 보면 처음 멍이 생긴 날보다 더 많이 다친 것처럼 보였으나, 조금만 자세히 들여다보면 농도가 점차 옅어져 가는 걸 확인할 수 있었다.

사흘째부터는 왼쪽 다리에 흥미로운 현상이 관찰되었다.

오른쪽 백 원짜리 동전 크기의 작은 멍은 전체적으로 색이 흐려지고 있었는데, 왼쪽 다리에 있던 주먹 크기의 멍은 균등하게 낫는 게 아니라 한가운데부터 누렇게 변하며 원래의 피부색으로 돌아오고 있었다. 큰 멍이 중간부터 낫는 게 참 희한했다. 모양이 그렇게 변하자, 이번에는 멍이 마치 토성 주위에 형성된 아름다운 고리처럼 보였다. (나의 다리는 이제 은하계도 품었구나!) 다리를 물끄러미 바라보다 불현듯 멍이 낫는 과정과 삶을 더 나은 방향으로 변화시키기 위한 과정이 매우 흡사한 면이 있다는 생각이 들었다.

만약 인생 전체를 바꾸고 싶을 정도의 거대한 변화를 원한다면 제일 먼저 할 일은 내 인생의 중심인 나를 먼저 변화시키는 것이다. 그 변화를 위한 첫걸음은 나의 색깔, 바로 성향을 바꾸는 작업이다. 현재에 안주하고 변화를 싫어하는 성향을 보다 개방적이고, 진취적이며, 도전적인 성향으로 개선해야 한다. 능동적인 사람으로 탈바꿈하는 건 과거에 받았던 상처를 위로하고 치유하는 과정과도 일맥상통한다.

사람에겐 누구나 타고난 천성이 있다. 따라서 지금 당장 성향을 바꾸겠다고 선언한다고 해서 전 뒤집듯 간단하게 바꿀 수는 없다. 실제로 타고난 성향을 바꾸는 건 불가능에 가깝다. 설사 시도한다고 하더라도 달걀로 바위 치기를 하듯 한결같이 무모하고 소용없어 보인다. 처음의 패기는 곧 허공의 메아리로 사라지며 미래는 똑같은 줄이 그어진 노트의 마지막 장처럼 일반적인 예측을 크게 벗어나지 않는다.

그렇다고 넋 놓고 가만히 앉아서 생을 마감하고 싶지는 않다. 차라리 이렇게 생각해 보자. 나는 나의 가장 든든한 지원군이다. 세상에서 나를 제일 아끼는 사람이다. 고로 타성에 젖은 성향이 영원히 바뀌지 않더라도 상관없다. 그저 자신을 살포시 끌어안고 변화의 현장 속으로 걸어 들어가 보자고 마음먹으면 된다. 변화를 향한 자세에 신경을 쓰기보다 발걸음을 떼는 실제적 움직임을 해 보는 게 훨씬 성공적이니까.

탈피의 과정은 하루 또는 한 달 만에 이루어지지 않는다. 몇 달이 걸릴 수도 있고, 몇 년이 걸릴 수도 있다. 때로 초반에 어떤 변화는 사태를 역으로 악화하는 것처럼 보이기도 한다. 그런데도 물러서지 않고 자아 변형의 과정을 해낸다면 주위를 둘러쌌던 정체의 공기층이 마침내 벗겨지게 되어있다. 꾸물거림의 대명사였던 기존의 나는 비로소 변태를 이룬 나비가 된다.

변화를 향한 의지를 꺼트리지 말아야겠다. 하고 싶은 일이 있다면 당장 시작해야겠다. 내가 먼저 다른 사람이 되면 그에 부합하는 새로운 인연도 찾아오게 되어있다. 그것이야말로 진정한 끌어당김의 법칙이다. 영혼의 등에 불을 붙여 주변 사람들까지 환하게 밝혀주는 빛이 되고 싶다. 가족, 친구, 동료에게 밝은 기운을 퍼트리는 그런 사람이면 좋겠다. 나의 기여로 타인이 조금이라도 더 나은 삶을 산다면 좋은 기운은 내게 다시 돌아와 영향을 미칠 것이다. 그런 식으로 계속 선순환이 이어지면 멍 자국이 사라지듯 나와 주위 사람들의 삶까지 치유되지는 않을까.

물론 내가 모든 사람을 변화시킬 수는 없다. 열심히 사는 사람을 못마땅하게 바라보고 비꼬는 사람은 언제 어디에서나 있다. 그런 사람을 만나 변화시키지 못했더라도 굳이 죄책감을 느끼지는 말자.

변화는 결국 자신의 중심에서 시작되는 것이니까.

나는 결코 나의 셰에라자드를 죽일 수가 없다

《천일야화(千一夜話)》를 기억하는가?

영리한 처녀 셰에라자드가 샤리아 왕에게 시집을 가게 되면서 이야기는 시작된다. 왕은 왕비의 부정에 충격을 받아 매일 밤 처녀와 잠자리하고 날이 밝으면 그 처녀를 죽였는데, 셰에라자드는 그러한 죽음에서 벗어나기 위해 왕에게 밤마다 이야기를 들려주기 시작했다. 매일 밤 이어지는 그녀의 이야기는 너무나도 흥미진진하고 에로틱하고 달콤하며 자극적이어서 왕은 그녀를 차마 죽일 수가 없게 된다. 특히 셰에라자드는 밤마다 이야기를 끝

맺지 않고 멈췄기 때문에 나머지를 듣기 위해 왕은 하루
하루 처형을 미룰 수밖에 없었다.

(출처 : 네이버 지식백과)

　타인과의 관계가 어긋난 이후 너무 힘들어서 눈물이 난
다고 말하는 친구가 있다.
　극심한 스트레스로 심신이 지쳤다고 말한 친구도 있다.
　그런가 하면 자꾸 죽는 상상을 한다는 친구도 있다.
　나도….
　그럴 때가 있다.

　오늘처럼 병원에서 일이 잘 안 풀리던 날에는 만사가 귀
찮고 우울하고 세상이 미워진다. 어둑해진 퇴근길에서 길가
에 늘어선 나무를 무연(憮然)히 바라보았다. 삶이 때론 우리
에게 얼마나 가혹한지. 가끔은 그 거대한 무게를 지탱하는
일이 얼마나 버거운지. 갑자기 알 수 없는 손이 가슴을 쥐어
짜는 기분이 들었다. 순간 고르게 나오던 숨소리가 사방으
로 불안하게 흐트러지며 사라졌다. 의지와 상관없이 눈물이
흘러내렸다.

냉기를 가득 담은 바람이 살갗에 닿자, 몸이 금세 움츠러들었다. 초대받지 못해 화가 난 채 들이닥친 어둠의 요정 말레피센트처럼 그렇게, 겨울이 찾아왔다. 길가에서 잎사귀가 다 벗겨진 채 앙상한 맨몸을 드러낸 나무들의 초라한 행색이 정육 공장에서 도축당한 채 일렬로 매달린 돼지고기 행렬로 보였다. 꽁꽁 얼어붙은 땅을 밟을 때마다 쩍쩍 갈라져 금방이라도 어둠 속으로 곤두박질을 칠 것 같았다. 이런 상태일 때는 우울한 기운을 끌어당기는 인간 자석이 된 듯 온갖 부정적이고 비관적인 생각들이 몸에 하나둘씩 달라붙는다. 참 견디기 힘든 하루였다.

"엄마, '천일야화'가 뭔 줄 알아? 책에서 나온 말인데 뭔지 잘 모르겠어."

마음을 추스르고 집에 와서 옷을 갈아입는데 딸이 불쑥 방에 들어와 물었다.

"천일야화는 옛날 아랍 쪽에서 전해지는 얘기야. 천일 하고도 하루 동안 밤마다 들려주었던 이야기로…."

오랜 기억을 더듬거리며 천일야화에 얽힌 이야기를 해주었다. 아이는 엄마가 들려주는 이야기를 귀를 쫑긋 세우며 들었다. 그런 아이의 얼굴을 보니 내내 죽상이었던 얼굴이

스르륵 퍼졌다. 딸의 존재는 내가 감사로 살아갈 수 있는 가장 강력한 에너지의 근원이다. 아무리 불행한 하루를 보냈다고 생각한 날조차 아이의 웃는 얼굴 속에서 다시 행복을 찾을 수 있다. 한결 나아진 기분으로 아이를 보내고 방금 얘기한 천일야화를 차근차근 되뇌었다.

천일야화 속에 인생에 대한 해답이 들어있었다.

샤리아 왕은 셰에라자드가 들려주는 이야기의 결말이 궁금해 다음날 그녀를 죽이지 못한다. 인생은 오늘의 삶이 아무리 고달파도 내일 무슨 일이 벌어질지 궁금해지는 셰에라자드의 천일야화와 같다. 아무리 똑같은 일상을 살더라도 내가 방향키를 살짝만 다른 쪽으로 튼다면 미래는 전혀 예측하지 못한 방향으로 흘러간다. 키를 잡은 자는 바로 나고, 내가 만들어내는 이야기는 항해 경로가 된다.

나의 이야기는 결코 오늘로 끝나지 않는다. 끝나기는커녕 살아있는 한 새로운 이야기는 계속 생성된다. 새 이야기를 처음 쓸 때는 막막하다. 시간이 어느 정도 지나면 망망대해에 표류하는 것 같아 덜컥 겁이 날 때도 있다. 그래도 살아남아 계속 이야기를 만들어가다 보면 뜻하지 않은 행운 같은 깜짝 선물을 받는 날도 있다. 그럼 그 행운에 기대어

다가올 내일을 다시 기대하게 된다.

살아있어서, 내 삶을 사랑할 수 있어서 참 좋다. 내 인생에 들어와 나를 더 나은 사람으로 만드는 모든 인연이 새삼스레 고맙다. 앞으로 나의 이야기는 어떻게 이어질까? 미래는 결코 알 수 없다. 그래서 더 궁금하고, 더 기대된다. 내일을 고대하는 마음으로 살다 보면 《천일야화》같이 역사적으로 길이 남을 고전이 세상 밖으로 나온 것처럼 언젠가 나만의 위대한 서사도 탄생하리라. 나는 그렇게 믿는다.

내 인생이 다하는 날까지 나는 결코 나의 셰에라자드를 죽일 수가 없다.

가족의 근간, 부부

"엄마, 엄마는 아빠랑 영원히 같이 살 거야?"

일요일 저녁 책을 읽던 딸이 난데없이 내 쪽을 돌아보며 물었다.

"갑자기 그건 왜 물어?"

약간 당황스러운 마음에 대답보다 질문을 먼저 날렸다.

"아니, 지금 읽고 있는 책에 주인공의 친구 부모님이 이혼하게 되었어. 그 아이는 고민 끝에 엄마가 아니라 아빠랑 같이 살기로 했대. 얘는 엄마와 새아빠랑 사는 것보다 친아빠랑만 사는 게 더 낫다고 판단했나 봐. 그래서 나는 만약에 엄마랑 아빠가 헤어지면 누구랑 살아야 하나 잠깐 생각했어."

두 눈을 동그랗게 뜨고 딸의 말을 들었다. 잠시 할 말을 찾지 못해 침묵했다. 어색한 몇 초의 공기가 흐른 뒤 정신이 퍼뜩 들었다. 엄마는 아빠랑 영원히 같이 살 테니 그런 걱정은 안 해도 된다는 말로 아이를 안심시켰다. 잠시간 거북스러운 긴장이 감돌았다. 부지불식간에 그만 부모라면 한 번쯤은 물어보게 되어있는 그 질문을 던졌다.

"만약에 엄마랑 아빠가 헤어지면 너는 누구랑 살 건데?"

눈동자를 위로 치켜들고 고민에 잠긴 듯한 딸이 곧 대답했다.

"아빠랑 살아야 하나. 엄마랑 살아야 하나. 흠…. 나는 그냥 할머니랑 살래."

딸의 담담한 어조에 아주 싱거운 찌개를 맛본 듯한 기분은 금세 두 눈썹을 찌푸리게 했다. 마뜩잖은 표정을 지으며 딸의 머리를 콕 쥐어박고는 엄마랑 살아야지 무슨 소리냐고 유치한 말을 했다. 엄마보다 어른스러운 딸은 한 번 더 할머니랑 살겠다고 힘주어 말하더니 할머니 방으로 쏜살같이 가버렸다. 딸이 꽁무니를 빼고 달아나는 모습을 사랑스럽게 바라보았다. 그러다 문득 정말로 그런 일이 일어나서는 안 되겠다고 생각했다.

여태껏 살아오면서 견디기 힘들었던 날도, 다 버리고 도

망가고 싶었던 날도 물론 있었지만 그만큼 웃고 기뻤던 순간도 많았다. 우리 딸이 처음 세상에 태어났던 날, 흔들거리며 위태롭게 첫걸음마를 뗀 날, 엄마 아빠라는 단어로 말문을 연 날을 흐뭇하게 공감할 수 있는 이 세상의 유일한 사람과 헤어진다면 늙어서 무슨 삶의 낙이 있겠는가.

어차피 남은 평생을 남편과 같이 살아야 한다면 그와 더 즐겁게 살 수 있도록 공유할 수 있는 유쾌한 추억을 계속 만들어야겠다. 행복이 그저 순간에 불과할지라도, 햇빛에 여울지는 시냇물에 나란히 발을 담가 순간의 시원함을 동시에 만끽하듯 흘러가는 세월에서 소중한 순간을 같이 즐겨야겠다. 관대한 눈으로 그의 실수는 적당히 덮고, 너그러운 귀로 생채기를 내는 말을 들을 때는 대강 넘겨버려야겠다.

자식이라는 끈으로 묶인 사람에게 관대해지려면 먼저 나 자신에게 아량을 베푸는 게 좋다. 그러니 그 무엇보다도 자신을 먼저 사랑하려고 한다. 내게 먼저 따스한 볕을 내리쬐고 물도 듬뿍 주어야겠다. 내 영혼이 화사한 꽃을 피우게 되면 너그러운 향기는 집안 전체에 퍼진다.

철없던 시절, 아직 익지 않았던 사랑은 아팠다. 좋은 순간은 가면이었고 슬픔과 고통으로 점철된 시간이 순수한 사랑의 진짜 얼굴이었음을 한참 후에야 깨달았다. 뜨거운 불을 끌어안는 것처럼 가지고 싶어도 가질 수 없는 어리석은 망상에 이제 더는 속지 않는다. 날카롭고 가시 돋친 미숙했던 사랑은 나이 듦에 따라 부드럽고 말랑말랑하게 익어갔다.

삶의 아픔을 겪을 때마다 개인의 상처는 성숙이라는 이름으로 치유되었다. 성숙해져 가는 두 경험의 총체가 위기의 순간으로 위태로울 때면 부부라는 이름으로 서로에게 위안을 주는 쉼터가 되어주었다. 두 성숙의 존재는 험난한 과정을 거치며 비로소 서로를 애잔한 마음으로 바라볼 수 있는 여유가 생겼다.

아무리 힘든 인생도 빛나는 유리구슬 같은 순간이 드문드문 놓여있다. 어릴 적 구슬치기하듯 성기게 놓인 구슬과 구슬을 부딪쳐서 빛의 연결 고리를 만들자. 고리의 길이가 길어질수록 알고리즘이 생겨나고 빛나는 순간은 다음 빛과 계속 가닿는다. 하루아침에 만들어진 사람이 없듯이 하루아침에 단단한 가족이 이루어지지 않는다.

가족이란 존재의 의미를 잊지 말자. 나의 행복의 원천은 그곳에서 시작되었으며 그 중심에는 부부가 있다.

적당히 초연하게 살기

　예전 일했던 병원에서 한 간호사와 잦은 마찰을 일으킨 적이 있다. 마찰이라기보다 매사 불평불만을 말하는 그녀와 대화를 한 후엔 사뭇 마음이 불편했던 적이 한두 번이 아니었다. 초반에는 잘 지내보려고 나름대로 노력도 했었다. 그녀가 보완 대책을 빙자하여 일에 대한 문제점을 지적하거나 혹은 다른 사람에 관한 뒷말을 할 때면 그 말에 동조하며 그녀의 편을 들어주기도 했다. 그러면 그녀는 신이 나서 본인은 소신이라고 믿는 부정적인 말을 막힘없이 쏟아냈다. 그런 날엔 일명 기센(?) 그녀와의 관계가 조금은 매끄러워졌다고 믿었다. 그러나 그 효과는 늘 일시적이었다. 시간이 흐름에 따라 그마저도 지속시간이 점점 짧아졌다. 날이 갈수록 내 마음은 지쳐갔다.

매일 마주쳐야 하는 사람이었다. 그녀를 최대한 미워하지 않고 싶었다. 관계를 개선해 볼 요량으로 가능한 한 그녀의 좋은 점을 더 많이 보려고 애썼다. 주변에 듣기 좋은 말을 하는 사람만 있는 것보다 듣기엔 불편하지만, 진실을 말하는 사람 역시 있어야 한다고, 이상과 현실의 균형을 유지하는 데 도움이 된다고 공들여 자신을 설득해 보기도 했다. 어차피 사람은 쉽게 바뀌지 않는다는 걸 잘 알고 있었다. 이 직장을 그만두지 않는 한 그녀와 떨어질 수 없다는 것도 잊지 않고 있었다. 고로 나를 위해 그렇게 생각하는 게 여러모로 마음이 편했다. 그런 와중에도 '저 사람은 왜 저렇게 살까?' '어떻게 저렇게 자기만 옳고 자신과 다른 생각을 하는 사람은 다 틀렸다고 확신할 수 있을까?' '저렇게 살면 더 불행하다는 걸 모르는 걸까?' 이런 생각을 하며 남몰래 그녀를 필요악의 존재로 여겼다.

병원을 그만두며 투덜이 그녀와는 이제 다시 볼 일이 없어졌다. 그런데 이후 직장을 두 차례 더 옮기며 깨달았다. 자신의 근무 환경에 관해 회의적인 사람, 상황을 비관적으로 전망하는 사람, 타인의 가십거리를 끊임없이 찾아내고 험담을 즐기는 사람, 아무리 노력해도 좋아할 수 없는 사람 (또는 나를 좋아하지 않는 사람)은 어디에나 있었다. 부정적으로 말하고 행동하는 사람들의 마음 기저에는 자신에게 정당성을 부여하여 순간적인 우월감에 빠지고 싶은 조잡한 욕구가 숨어있다. 자신이 힘을 가졌다는 자아도취 상태에 빠지면 헤어 나오기 어렵다. 그건 또 다른 의미의 열등감이다. 그런 사람과는 적당한 거리를 두고 최소한의 말을 섞는 게 상책이다.

당장에 그런 사람과 물리적인 거리를 두기 어렵다면 마음의 간격이라도 설정하면 어떨까. 신경을 거스르는 얘기나 상처를 주는 말을 들을 때는 음악의 볼륨을 낮추듯이 마음 귀로 들어오는 소리를 줄여서 적당히 흘려보내자. 단지 나와 결이 맞지 않는 사람이라고 간주하고 굳이 그 사람을 미워하거나 억지로 좋아하려고 노력할 필요도 없다. 매일 봐야 하는 사람을 미워하면 같은 공간에 있는 공기를 마시는 것조차 불편해진다.

직장에 있는 누군가에게 받은 고통으로 유난히 괴로운 날엔 상대를 작고 철없는 어린아이로 보거나, 마음의 병이 있는 가엾은 환자라고 치부해버리는 것도 답이다. 그것도 어려우면 내 인생에 잠시 왔다가 곧 떠날 손님으로 대하며 가슴속에서 최대한 멀리 보내버리자. 타인에게서 들은 부정적인 말이 계속 머릿속에 앉아서 똬리를 틀고 있다면 그 말을 잊어버리려고 분투하기보다 생각을 환기시키는 게 좋다. 일례로 독서나 운동같이 차라리 아예 관계가 없는 일에 집중하는 방법이 있다. 깨끗한 물로 씻어내듯이 비애가 섞여 탁해진 감정을 가능한 한 맑게 만들어야 한다. 그렇게 며칠만 버티면 고문하듯 마음에 박혔던 말들도 한 여름밤의 악몽처럼 희미하게 사라진다.

혹여 귀에 거슬리는 말을 들었을 때 시시비비를 가리겠다고 섣불리 사이다를 발사하면 그 순간에는 할 말을 다 했다고 속이 시원하겠으나, 이후부터 몰려오는 겸연쩍은 분위기에 숨이 턱턱 막힐 수 있다. 순식간에 속말을 뱉은 자는 감정 절제를 못 해서 몰지각한 추태를 부린 가해자가 되고 상대는 황당하게 당한 피해자 코스프레를 뒤집어쓴다. 그 사태가 벌어지면 바둑이나 장기를 둘 때 맞은편 상대에게 한 번만 봐 달라며 한 수 무르기를 요청하는 것처럼 일이 벌어지기 전의 과거로 되돌릴 수 없다.

직장 내 힘든 인간관계로 괴로워하는 사람은 나만이 아

니다. 어차피 인간이 있는 곳엔 갈등이 있다. 직장이란 공간에서 어느 정도 초연한 태도로 타자를 대해야겠다. 거북한 관계를 감내하는 인내심도 키워야겠다. 그들과의 관계를 위해 온갖 정성을 다할 필요는 없겠지만 원만한 사이를 유지하기 위한 적당한 자제력은 불가피하다. 그것은 원활한 직장 생활뿐만 아니라 더 나은 인생을 살기 위해서도 꼭 지녀야 할 힘이다.

진정으로 살아있는 삶

12월 31일 한 해의 마지막 날 아침, 평소와 다름없이 4시 30분에 눈을 뜨고 책을 읽었다. 작년 12월 13일부터 시작한 새벽 기상을 이어온 지가 어느새 1년이 넘었다. 물론 매일 같은 시간에 일어난 건 아니었다. 시간이 지남에 따라 5시나 6시에 일어난 날도 있었다. 여행이나 시댁을 가는 등의 행사가 있는 날에는 늦게 일어나기도 했다. 그래도 거의 모든 날에 4시 30분이란 규칙을 꾸준히 지켰다. 날짜라는 건 인간의 편의로 규정된 숫자일 뿐이라고 단언하면서도 오늘이 올해의 마지막 날이라는 생각을 하면 공연히 머릿속에서 수많은 장면이 주마등처럼 스쳐 지나간다.

올해 나의 삶은 어떠했던가. 진정으로 살아있는 삶을 살았던가. 이 질문에 대해 생각하다 보니 얼마 전 진짜 살아있음이 무엇인지 깨닫게 만든 계기가 된 일이 떠올랐다. 그건 바로 그동안 용케 피했다고 생각했던 이제는 국민 독감(?)이 되어버린 코로나에 걸린 일이다.

그날은 목요일이었다. 새벽에 여느 때처럼 잠자리에서 조용히 빠져나와 딸의 방에서 책을 읽고 있는데 으레 자고 있다고 생각한 딸의 속삭이는 듯한 목소리가 방문 너머로 들려왔다.

"엄…. 마…. 엄…. 마…."

엄마라는 존재는 닫힌 문 너머 누워있는 자식의 신음까지 들을 수 있는 초능력 귀를 장착하고 있다. 딸의 목소리가 들리자마자 읽던 책을 잽싸게 내려놓고 누워있던 딸에게 다가갔다.

"엄마…. 나 열나는 것 같아."

그 말을 듣고 바로 거실 선반에 넣어둔 체온계부터 찾았다. 체온계로 열을 재보니 38.5도였다. 깜짝 놀랐다. 혹시 몰라 딸을 일으켜 집에 있던 코로나 자가진단 키트로 검사를 했다. 결과는 음성이었다. 일단 열 외에는 다른 증상이 없어 보였다. 황급히 해열제를 찾아 딸에게 먹였다. 그냥 감기인가보다 생각했다. 7시쯤 학교 담임선생님에게 아이가 감기에 걸렸으니, 병원에 들렀다가 등교시키겠다고 문자를 보냈다. 곧 엄마에게 딸을 부탁한 후 출근했다.

출근 후 얼마 되지 않아 엄마에게서 문자가 왔다. 보건소에 갔다가 허탕 치고(요즘 보건소에는 자가진단 검사 결과가 양성이 나와야 PCR 검사를 해준다고 한다.) 소아청소년과에 들러 감기약을 지어 딸을 학교에 보냈다는 문자였다. 그걸 본 뒤 안심하고 일했다. 그런데 몇 시간 후 담임선생님에게서 아이가 열이 오르니 데리고 가는 게 좋겠다는 문자가 왔다. 업무가 바빠서 반차를 내고 갈 수가 없었다. 곧바로 엄마에게 전화를 걸어 딸을 데려오도록 부탁했다.

엄마는 학교로 가서 딸을 데리고 아까 갔던 병원으로 다시 갔다. 이번에는 신속항원검사를 받았다. 결과는 우려하던 대로 양성이었다. 아이가 확진되었다는 소식을 들은 순간부터 모든 걸 내려놓았다. 이젠 코로나에 걸려도 어쩔 수 없다고 생각했다. 아이를 혼자 둘 순 없다. 그렇게 그날 밤 둘 다 마스크를 쓴 채 꼭 붙어서 잤다.

이틀 뒤 토요일 오후부터 몸이 으슬으슬 추워지는 증상이 발생했다. 나도 코로나로 판명되었다. 바로 직장에 알리고 이미 자가격리 중인 딸과 함께 방에서 지냈다. 꼬박 이틀 동안 38도에서 39도 사이를 왔다 갔다 하며 열이 오르락내리락했다. 열이 내린 이후에는 지독한 몸살과 무기력증이 찾아왔다. 정말 손가락 하나 꼼짝하기 싫었다. 아니 꼼짝할 수 없었다. 그동안 줄곧 같이 방에서 격리되었던 딸은 딱 처음 코로나 발생 이틀 동안에만 열이 나더니 이후 빠른 속도로 증상이 나아졌다. (그런 걸 보면 우리 다음 세대는 모두 슈퍼면역자가 되리라.)

평소 머릿속에서 들리던 수많은 생각이 대화를 멈추었다. 무력감은 삶에 대한 열정도, 의지도, 그렇게나 자신하던 끈기까지 전부 앗아가 버렸다. 몇 년 동안 하루도 안 빼고 했던 새벽 스트레칭도 그만두었다. 그건 아주 사소한 습관의 중단이었지만, 일단 한 번 멈추게 되자 도미노처럼 연쇄적으로 일상 전체에 대한 의욕이 무너져 내렸다. 마치 내 몸의 모든 기관과 조직이 급속도로 퇴화해서 나라는 존재가 진화의 물결에 휩쓸려 사라질 것만 같았다.

그렇게 끔찍했던 나날이 지나고 닷샛날 아침이 밝았다. 아침에 눈을 뜨니 몸을 짓누르던 천근의 무게가 약간은 덜어진 느낌이었다. 기운을 조금 차리자 제일 먼저 샤워를 했다. 얼굴은 제사상에 올려진 북어처럼 푸석거렸지만, 기름기로 엉겨 붙은 머리와 꼬질꼬질한 몸을 씻고 나자 살짝 생기가 돌았다. 갑자기 허기가 졌다. 병을 이기기 위해 꾸역꾸역 음식을 입속으로 밀어 넣었던 어제와는 달리, 그날은 밥을 맛있게 먹었다. 정신을 좀 들자 지난 나흘 내내 누워서 허비했던 시간이 너무 아까웠다. 하루빨리 몸을 회복해서 다시 평범한 일상으로 돌아가고 싶었다. 내가 빠지는 바람에 인력 부족으로 고생하고 있을 동료 간호사들에게도 미안한 마음이 들었다. (당시 의료인은 격리 5일 만에도 병원에 복귀할 수 있었다.) 마침 병원에서도 다시 출근할 수 있냐는 연락이 왔기에 내일은 출근할 수 있다고 말했다.

건강을 되찾아서 얼마나 다행인가. 다시 일어나서 내 의지대로 두 손과 두 발을 쓰며 생각하고, 일하고, 운동하고, 가족을 돌보고, 마음을 나눌 수 있는 친구와 대화하는 그 모든 당연하지만 당연하지 않은 일은 내가 가진 진실한 행운이다. 살아있어도 아무것도 하지 않으면 진정으로 살아있는 게 아니다. 진짜 삶이란 가만히 머물러 폐로 숨만 쉬는 게 아니라 살아서 팔딱팔딱 움직이는 것이다. 가수 강산에의 〈흐르는 강물을 거꾸로 거슬러 오르는 저 힘찬 연어들처럼〉이란 노래 제목같이. 흘러가는 방향대로 이끌려 가는 삶이

아닌 내가 원하는 방향으로 나아가는 삶이 참된 생명의
유지다.

새삼 다시 찾은 건강에 감사함을 느낀다. 이번 기회에 건
강이 영원하지 않은 행운이란 진리를 생생하게 실감했다.
기회가 있을 때 하루를 허투루 낭비하지 않고 아끼고 소중
히 써야겠다. 빈껍데기 몸으로 살지 않고 내실을 가득히 채
우며 살아야겠다. 열정으로 광택을 내고 주체적으로 행동해
야겠다. 그렇게 조용하지만 굳은 각오를 하며 한 해의 마지
막 날을 마무리했다.

사탕같이 달콤한 중독

또 증상이 나타났다. 목에서 출발한 심한 갈증이 금방이라도 내 몸 전체를 덮칠 것만 같았다. 마음이 불안해져서 급히 사탕 팩을 열었다. 개별 포장된 사탕 하나를 꺼내 한 치의 망설임도 없이 봉지를 뜯고는 입으로 가져갔다. 요즘 이사탕을 매일 적게는 다섯 개에서, 많게는 일고여덟 개씩 먹는다. 사탕을 빨아 먹을 때마다 목이 상쾌해졌다. 그건 사탕의 단맛보다 더 감미로운 보상이었다.

과연 어디서부터 잘못된 걸까? 그러니까 때는 한 달 하고도 보름 전쯤, 나와 딸이 코로나에 걸렸던 시점으로 거슬러 올라간다. 확진 판정 후 이틀 만에 멀쩡하게 일어난 딸과는 달리 나흘간 몸살을 심하게 앓았는데, 회복 기간이 지나고도 한동안 그 여파가 계속되었다. 그중 특히 나를 힘들게 했던 증상이 바로 기침이었다. 일상생활은 할 수 있었지만 수시로 올라오는 잔기침이 여간 괴롭고 귀찮은 일이 아니었다. 기침할 적마다 주변에 눈치가 보여 마른침을 대신 꼴깍 삼켰다. 임시방편으로 아침저녁으로 기침약을 복용하고 물을 수시로 마셨으나, 기침은 좀처럼 나아질 기미가 없었다.

그러던 중 지인이 기침에 좋다는 '목청 벌꿀 캔디'를 권유했다. 간절한 심정으로 인터넷으로 바로 5팩을 주문했다. 그날부터 목이 간질거리거나 기침이 나오려고 할 때마다 그 사탕을 먹었다. 생각보다 효과가 매우 좋았다. 사탕의 멘톨 성분이 목뿐만 아니라 폐까지 전달되어 막힌 길이 뻥 뚫리듯 시원하고 개운했다. 모처럼 아무런 염려 없이 숨 쉬는 즐거움을 느꼈다. 그 느낌이 좋아서 처음 하루 한두 개씩 먹던 사탕의 양을 조금씩 늘렸다. 마스크를 낀 채 사탕을 빨 때면 맵싸한 향이 눈을 공격했다. 무방비 상태의 눈이 서러움의 눈물을 줄줄 흘렸지만, 그 정도 고통은 사탕이 주는 청량감에 비견할 바가 아니었다. 나는 눈이 아픔을 감당하도록 그냥 내버려 두었다.

그렇게 시나브로 사탕에 중독되어 갔다. 2주일 만에 5팩을 다 먹어 치웠다. 하루도 참지 못하고 인터넷으로 사탕 5팩을 더 주문했다. 아침에 일어나자마자 사탕부터 입에 물었고 자기 직전에도 사탕을 먹고 자는 게 습관이 되었다. 더는 기침이 나오지 않았음에도 목의 칼칼함이 사라지지 않는다고 정당화하며 사탕을 계속 먹었다. 급기야 이제는 정말 그만 먹어야겠다고 미약한 의지로 웅얼거렸다. 그 와중에도 남아있던 사탕은 그 수가 계속 줄어들었다. 오히려 두 번째로 샀던 사탕은 더욱 빠른 속도로 고갈되어 갔다.

그리고 드디어 오늘, 단 한 개 남은 사탕이 노트북 옆에서 요염한 개나리꽃 빛깔의 포장 옷을 번뜩이며 나를 유혹했다. 삼십 분이 넘도록 모니터에 제대로 집중하지 못한 채 계속 사탕을 흘깃거렸다. 그건 요새 어디에서도 보기 힘든 은밀한 밀당(밀고 당기기)이었다. 먹을 것이냐 말 것이냐. 그것이 정말 문제로다. 본능과 이성이 격렬한 설전을 벌이고 있는 와중에 제삼자인 손이 먼저 유혹에 굴복당했다. 사탕 봉지를 만지작거리자 바스락거리는 매혹적인 소리가 났다. 포장지를 바로 벗기고 싶어서 조바심이 났다. 담배에 중독된 사람이 이런 기분이려나. 처음에는 불안감과 불편함을 누그러뜨리는 데 분명 도움이 되었다. 그런데 어느 순간부터 사탕에 심하게 의존했고 이제는 수중에 없으면 되레 초조한 감정이 증폭되었다.

중독은 말 그대로 풀이하면 독의 한가운데에 있는 상태
이다. 이처럼 사소한 습관이 중독으로 되는 경우는 허다하
다. 잠깐의 스트레스 해소를 위해 퇴근 후 가볍게 마시던 술
한 잔, 깊은 한숨을 감추기 위해 피우던 담배 한 대, 잠을 잘
자지 못하던 밤에만 복용하던 수면제, 헛헛한 저녁을 채우
기 위해 리모컨을 누르며 결제했던 홈쇼핑 물건들, 친구들
끼리 심심풀이로 해 본 도박, 호기심에 경험한 마약에 이르
기까지 다양한 중독이 언제든지 덮칠 준비를 하고 숨어서
우릴 노려보고 있다. 일상을 위협하는 무서운 독은 정신적
으로 약해진 틈에 어느새 들어와 주인 자리를 차지한다. 중
독은 대부분 그 시작이 미미하기에 초기에는 마음만 먹으면
언제든지 그만둘 수 있다고 생각한다. 그렇게 순간의 안락
감에 빠져 영혼이 조금씩 갉아 먹히고 있는지 미처 눈치채
지 못하다가 결국 자유의지까지 빼앗기고 만다.

동화를 각색한 디즈니 영화 〈미녀와 야수〉에서 마법에
걸린 야수는 미녀 벨의 마음을 얻길 원했다. 그는 벨이 좋아
하는 책들이 빼곡히 꽂혀있는 서재를 보여주고 원한다면 책

을 얼마든지 봐도 괜찮다고 허락한다. 그 후 근사한 음식을 제공하고 아름다운 음악에 맞춰 벨과 함께 흥겹게 춤추며 오붓한 시간을 보낸다. 벨과 사이가 한층 가까워진 야수는 그녀의 칭찬을 기대하며 성에서의 생활이 행복한지를 묻는다. 그러자 벨은 그 물음에 이렇게 대답한다.

"갇혀 있는데 뭐가 좋겠어요?"

아무리 흡족한 시간을 보낸다 한들 몸이 갇힌 채 받는 호의에 우리는 마냥 즐거울 수 없다. 그녀의 고뇌를 깨달은 야수는 아버지에게 가려는 벨을 풀어준다. 그건 그녀의 자유의지에 대한 존중이었다. 벨은 자유로운 상태가 되어서야 그 누구도 아닌 자신의 선택으로 야수에게 돌아온다. 두 사람의 진정한 사랑은 구속이 사라진 후 두 자유의지가 합쳐져 만들어진 아름다운 결말이라고 볼 수 있다. (물론 현실에서는 사랑의 결실로 한 결혼이 늘 성공적인 결혼 생활로 이어지지는 않지만, 이 이야기는 열외의 문제니 여기서는 넘어가도록 하자.)

중독은 가장 큰 속박이다. 중독의 삶을 산다면 인생은 불행해진다. 중독이 아닌 자유의지로 살고 싶다. 문제가 더 커지기 전에 이쯤에서 멈춰야겠다. 처음 충치가 생겼을 때는 작은 비용으로 충치 부분만 긁어내는 간단한 치료로 끝나지만, 충치균이 이 깊숙이 파고들면 결국 잇몸까지 망가지게 된다. 그 정도 상태까지 가면 이를 뽑고 그 자리에 임플란트 시술을 하는 대공사를 해야 한다. 긴 시간과 큰 비용이 초래되며 그 과정에서 엄청난 고통이 수반된다. 지금 끊어야 한다. 내 몸은 사탕이 없던 시절에도 별 탈 없이 잘 살았다.

마음을 정리한 후 곧바로 행동으로 옮기기로 했다. 그렇게 마지막 남은 사탕을 인정사정없이 쓰레기통에 버렸다. 잠시 아쉬움과 죄책감에 가슴이 미어졌다. 그러나 곧 이상하리만치 후련하고 개운해졌다. 독립운동은 성공리에 끝났다. 비로소 나는 비정상적인 관계의 의존 대상에게서 자유를 되찾았다.

Part 3

빛나는 날엔 불을 밝히려 노력할 필요가 없다

누구에게나 행복하고 소중한 순간은 있다. 힘겨운 날보다는 눈부신 날에 더 집중하자. 마지못해 사는 게 아닌 기꺼이 사는 삶을 살자.

소원 저장고에 소원 놓고 가기

주말에 경주로 1박 2일 워크숍을 다녀왔다. 말이 워크숍
이지 호텔에서 저녁 먹고 하룻밤 잔 뒤 다음 날 돌아오는 빠
듯한 일정이었다. 토요일 오후에 근무가 끝나자마자 광명으
로 가서 KTX를 탔다. 해가 뉘엿뉘엿 기울어질 때쯤 경주역
에 도착했다. 호텔에 도착한 후 식당에서 같이 간 사람들과
저녁을 먹었다. 라운지로 자리를 옮겨 이 얘기 저 얘기 하다
보니 시간은 금방 밤 9시가 넘어갔다. 어느새 찾아온 졸음을
쫓으려고 팔을 꼬집으며 버텼다.

밤 10시가 지나서야 호텔 방으로 들어왔다. 방은 아담해
도 고급스럽고 깔끔했다. 한가운데에는 새하얀 시트와 이불

로 팽팽하게 감싸진 더블 침대가 놓여있었다. 샤워 후 문을 열고 테라스로 나가 밤하늘을 올려다보았다. 이곳 경주에 사는 별은 내가 사는 곳의 도시별보다 서로 더 친하게 지내는지 옹기종기 모여서 탐스럽게 반짝거렸다. 그 아래로 보이는 호수는 달빛과 호텔 불빛이 섞여 인상파 그림처럼 격조 있는 운슬을 뽐냈다. 앞에 펼쳐진 모든 경치가 운치 있었으나 내 두 눈은 너무 피곤해서 그리 오래 담지 못했다. 잠에 맞서기를 그만 포기하고 일행이 씻는 동안 먼저 침대에 누워 이불 속에 파묻혔다.

눈을 떠보니 다음 날 아침이었다. 원래는 없던 일정이었으나, 전날 얘기하던 중 불국사는 들렀다 가기로 입을 모았다. 우리는 아침 일찍부터 뷔페에서 조식을 먹고 부지런히 짐을 꾸렸다. 11시 체크아웃 시간까지는 3시간 반 정도의 여유가 있었다. 택시를 타고 곧장 불국사로 갔다. 아직 이른 시간이라 그런지 관광객들이 별로 없어 절은 비교적 한적했다. 몇 달 전에 왔었더라면 절정을 이룬 단풍을 볼 수 있었을 텐데, 이미 나뭇잎이 다 떨어진 단풍나무는 메마르고 스산해 보였다. 대신 오랜 세월의 연륜이 엿보이는 소나무가 변함없이 풍성한 초록의 솔잎을 보여주며 환영의 팔을 벌리고 있었다.

우리는 우선 불국사의 대표인 다보탑(국보 제20호)과 석가탑(국보 제21호)을 제일 먼저 본 다음 사찰을 찬찬히 둘러보았다. 일 년 전 이맘때쯤 가족과 경주로 여행 와서 불국사에 들렀던 적이 있었다. 다보탑 앞에서 사진 찍은 사람들을 보니 작년 그 자리에서 함께 사진을 찍었던 남편과 딸의 얼굴이 겹쳐서 떠올랐다. 유네스코 세계문화유산으로도 등재된 사찰은 그 명성에 걸맞게 대웅전(보물 제1744호), 관음전, 극락전 등 여러 고풍스러운 법당으로 이루어져 있었다. 그런데 이번에 불국사에서 가장 많이 내 눈에 띈 건 우리나라의 대표 국보도, 저명한 보물도 아니었다. 그건 바로 불국사 처마 전체에 빼곡하게 걸려있던 소원 등이었다.

가까이 다가가 수많은 소원 등에 쓰인 글을 유심히 읽어보았다. '사업 번창, 학업 성취, 재운 발복, 가족 건강, 만사형통, 득남 득녀….' 저마다의 등에는 소원을 적은 이와 가족으로 짐작되는 이름, 그리고 간절한 소원이 적혀있었다. 소망을 적기만 하면 이루어지는 마법의 등이 있다면 얼마나 좋을까. 그렇다면 흔쾌히 전 재산을 털어서 값을 치르고 싶은 꿈이 넘쳐난다.

그런 상상을 하며 소원 등을 바라보니 모든 등이 희망으로 눈부시게 빛나고 있는 듯한 착시현상이 일어났다. 잠시 이곳을 소원을 저장하는 곳이라고 마음속으로 그려보았다. 한 사람의 염원은 작은 빛일 뿐이지만 작은 빛들이 계속 뭉쳐져 거대한 꿈 에너지 저장고가 되었다. 저장고에서 꺼낸 에너지로 발전기를 돌리면 꿈 전기가 발생해서 세상을 마음을 따뜻하게 만드는 기운으로 감쌀 수도 있으리라. 이름하여 소원발전소. 생각만 해도 멋지다.

그런데 사람들은 왜 굳이 이 멀리 경주 불국사까지 와서 소원을 비는 걸까? 물론 불교라는 종교를 가진 사람이 많겠지만, 아닌 사람도 분명히 있을 것이다. 여기는 한국 사람이라면 살면서 꼭 와본다는 그 유명한 절, 불국사다. 어쩌면 너도나도 여기에서 소원을 비는 까닭은 유명한 장소에서 소원을 빌면 조금이라도 실현될 가능성이 올라가지 않을까 하는 군중심리일지도 모르겠다. 하나의 힘은 약하지만 함께하는 힘은 강하다. 수많은 작은 소원들이 모여 강한 에너지를 뿜고 있는 이곳에서 돌연 나도 소원을 빌어보고 싶어졌다.

일행들은 불국사의 대웅전 석가모니 불상에 절을 하고 있었다. 나는 그들 뒤에 서 있다가 살짝 빠져나왔다. 절 마당에 나와 처마 밑 소원 등을 바라보며 간직했던 소원을 나지막이 읊조리듯 말했다.

"우리 가족 모두 건강하길. 내 인생의 빛나는 순간이 더 많아지길. 그 순간을 감사의 눈으로 볼 줄 아는 사람이 되게 해주세요."

그렇게 하릴없이 서서 내 소원을 불국사의 처마로 떠나 보냈다. 주말 저녁이 되면 먹자골목으로 사람들이 몰려들어 대성황을 이루듯이, 월드컵 시즌에 붉은 악마가 한국의 승리를 기원하는 마음으로 다 함께 모여 어마어마한 응원에너지를 만들 듯이, 소원 저장고 구석에 남몰래 놓고 간 내 소원도 웅장한 기운을 빌어 성황리에 떠올라 하늘에 닿기를 바랐다. 잠시 후 우리는 관광을 마치고 유유히 불국사를 떠났다.

택시를 타고 기차역으로 향하는 길에 창밖의 경주 풍경을 스쳐 보내며 생각했다. 소원은 어디에 빌어도 상관없다고. 중요한 건 이루고 싶을 정도로 간절한 마음이라고.

당신의 인생이 빛나길 바라는 존재, 친구

'뭘 입을까. 원피스? 아니면 블라우스에 정장 바지? 겉옷은 뭐로 하지? 코트를 입기에는 좀 춥긴 한데….'

여느 날과 다를 것 없는 출근 전 아침, 마치 첫 데이트에 나가는 스무 살 아가씨처럼 부산스럽게 옷장 문을 몇 번이나 열었다 닫기를 반복했다. 전날 밤 입고 갈 옷을 미리 정했었지만, 아침이 되자 마음이 계속 바뀌었다. 이번이…. 3년 만이던가. 4년 만이던가. 정확히 기억나진 않지만, 꽤 오랜만인 건 확실하다.

지난주 호주에 사는 친구가 한국에 들어왔다고 연락을 해왔다. 친구는 지금 지방의 부모님 집에 있는데 돌아가기 전 마지막 일주일은 강남역 근처 원룸 오피스텔을 단기 임대해 머무를 예정이라고 했다. 고민 끝에 하루 연차를 내서 퇴근 후 친구가 머무는 오피스텔에 놀러 가 하룻밤 자고 다음 날은 종일 함께 시간을 보내기로 했다. 친구가 호텔이 아닌 오피스텔을 빌려서 누구의 눈치도 없이 잘 수 있었고, 지난번 친구가 왔었을 때 밤새도록 얘기하고 새벽에 헤어지는 바람에 바로 출근해서 종일 제정신이 아니었기 때문이다.

'그래 날도 추운데 그냥 편하게 입고 가자.'

결국, 평상시처럼 편한 바지에 스웨터, 그리고 패딩 점퍼를 입고 출근했다. 시간은 역시 사람의 감정 무게에 따라 길이가 달라지는 고무줄이다. 오늘따라 더 무거운 시계추를 달고 있는 듯 시계가 느릿느릿 늘어져만 갔다. 지루한 시간을 이겨내고 드디어 퇴근 시간이 되었다. 쏜살같이 전철역으로 가서 전철을 탔다. 강남역까지는 1시간이 좀 넘게 걸렸지만, 전자책을 읽으며 가다 보니 그리 지루하지 않았다. 강남역에 내려 휴대전화로 지도 앱을 켜고 친구가 알려준 주소를 입력했다. 지도를 따라갔더니 10여 분 만에 금방 오피스텔에 도착했다.

친구에게 도착했다고 카톡으로 알리며 엘리베이터에서

내렸다. 몇 발짝 안가 문을 열고 활짝 웃으며 나를 기다리던 친구를 발견했다. 우리는 문 앞에서 서로를 얼싸안고는 이게 얼마 만이냐고 흥분하며 인사했다. 오피스텔은 작은 싱글 침대 하나와 소파, TV, 세탁기, 냉장고 등이 비치된 전형적인 원룸이었다. 벽 한쪽에는 '당신의 하루가 별보다 빛나길'이라는 글씨가 깔끔하게 붙어 있었다. 우리는 소파에 앉아서 그간 어떻게 지냈는지 얘기를 나눴다. 잠시 20년 전 친구가 자취 생활하던 원룸에 놀러 갔던 때로 돌아간 것만 같았다.

시장기가 돌아 바로 밥부터 배달시키기로 했다. 메뉴는 초밥이었다. 친구는 몇 년 사이에 한국이 왜 이렇게 좋아졌냐며 배달이 안 되는 게 없다고 감탄했다. 음식을 기다리는데 친구가 내 생각이 나서 샀다며 드라이 케이크와 녹차를 선물로 주었다. 아무런 선물도 준비하지 않은 난 괜스레 미안한 마음이 들었다. 그러고 보니 지난번 만났을 때도 친구는 나를 위해 호주산 비타민을 들고 왔었다. 나는 뭘 줬었던가? 기억이 나지 않는다. (이런 걸 보면 난 때로는 참 둔한 면이 있다.)

친구가 호주로 떠난 이후 몇 번 한국에 왔지만 이렇게 둘이서만 만나는 건 처음이다. 호주 사람과 결혼한 친구는 남편의 휴가 기간을 이용해서 한국에 왔었기에 늘 부부 동반이었다. 이번에는 남편의 일정이 맞지 않아서 일주일 전 먼저 호주로 돌아갔다고 했다. 우리 둘 다 아줌마가 된 이후 술을 거의 하지 않는데, 지난번 만났을 때는 취할 때까지 마시고 서로를 부둥켜안고 오랜 시간 울었다. 그날 한국어를 알아듣지 못하는 친구의 남편은 영문도 모르고 조용히 우리 옆을 지켰다. 헤어진 다음 날 겨우 정신을 차리고 친구와 통화하며 간밤 기억의 토막을 맞췄더니 내가 친구의 남편에게 아내한테 잘해주라고 고래고래 소리 지르던 장면이 완성되었다. 그때 친구를 통해 그에게 몇 번이나 사과했었는지 모른다.

오랜만에 옛이야기를 하니 그간 편집되었던 그 날의 장면이 되살아났다. 그때는 정말 미안했었다고 재차 사과했다. 그러자 친구가 말했다.

"괜찮아. 그때 남편이 그러더라. 난 너를 만날 때면 흐트러진 모습을 보인다고. 그 정도로 마음을 열 수 있는 친구가 있다는 건 정말 좋은 거라고."

그 말을 듣는데 왠지 모를 감정이 훅하고 올라왔다. 그의 말이 옳다. 머뭇거림 없이 솔직한 감정을 드러낼 수 있는 친구를 가진 건 큰 복이다.

당신의 인생이 빛나길 바라는 존재, 친구

함께 배달된 초밥을 먹고 친구가 따라준 포도주를 마시며 서로 사는 얘기를 하다 보니 어느덧 밤 11시 반이 넘었다. 신체 리듬이 새벽에 맞춰진 내 의식은 더 견디지 못하고 친구가 내어준 침대에 바로 뻗어버렸다. 다음날 습관처럼 4시에 눈떴지만, 아직 소파에서 자는 친구가 깰까 봐 조용히 다시 잠이 들었다. 아침 7시가 넘어서야 부스스 일어나 화장실에서 머리를 감고 샤워했다. 그사이 친구도 일어났다. 오피스텔에는 헤어드라이어가 없었다. 친구에게 머리빗이라도 빌려 달라고 했더니 자신도 가진 게 없어서 머리를 그냥 자연 바람으로 말리고 손으로 대충 묶었다고 했다.

머리도 안 빗고 묶다니. 예전의 친구를 기억하는 사람이 지금 그녀의 모습을 본다면 매우 놀랄 것이다. 과거 친구는 짙은 검은색 아이라인이 어울리는 화려한 얼굴에 모델같이 도발적인 몸매를 갖춘 미인이었다. 그러나 그 당시 친구의 눈은 어딘지 모르게 항상 불안하고 슬퍼 보였다. 오랜 호주 생활이 그녀를 변하게 했을까. 아니면 나이가 들면서 자연스레 변한 걸까. 어느 쪽이든 내 눈에는 화장기 없는 얼굴로 너그럽고 푸근한 미소를 짓는 지금의 모습이 훨씬 보기 좋고, 안정되어 보였다.

우리는 근처 식당에서 순댓국으로 해장하고 커피를 한 잔씩 사서 다시 오피스텔로 들어왔다. 그리고 주말 오후 보통 가정집 일상처럼 TV를 켜고 오은영 박사가 진행하는 부부관찰 프로를 함께 보았다.

"아, 남편한테 문제가 있다."

"아니야. 여자도 참 문제네."

남의 가정사에 빠져들어 수다를 떨고 간밤에 먹다 남은 음식을 냉장고에서 꺼내 먹고 차를 마셨다.

오후 시간이 속절없이 흘러갔다. 어느새 4시가 넘었다. 마침내, 이제 가야겠다고 말했다. 천천히 패딩을 입었다. 더 굼뜨게 가방을 메고 가방 지퍼를 닫았다가 재차 열어 뭐 빠진 게 없나 확인하고 다시 닫았다.

"잘 지내…."

"너도 잘 지내…."

"또 보자…."

"그래, 또 보자…."

우리는 힘주어 서로를 끌어안았다. 문을 나서서 엘리베이터 버튼을 누르고 뒤를 돌아보았다. 친구가 저쪽에서 계속 문을 연 채 싱긋 웃으며 나를 보고 있었다. 나도 웃으며

당신의 인생이 빛나길 바라는 존재, 친구

손을 흔들었다.

강남역으로 걸어가는데 길가에 잡화를 함께 파는 문구점이 보였다. 문구점으로 들어가서 이리저리 살피다가 점원에게 물었다.

"저, 여기 머리빗도 있나요?"

점원은 한쪽 벽을 가리키며 저쪽에 걸려있다고 말했다. 빗을 집어서 계산대에서 계산하고 다시 친구의 오피스텔로 돌아갔다. 초인종 소리를 듣고 문 안쪽에서 누구냐고 묻는 친구에게 문을 열어 달라고 말했다.

놀란 듯한 얼굴로 문을 열어준 친구에게 점퍼 호주머니에서 불쑥 머리빗을 꺼내며 말했다.

"그냥…. 가다가 생각나서 하나 샀어. 가끔 머리빗을 때만 내 생각을 하라고."

금방이라도 눈시울이 붉어질 것 같아서 애써 꾹꾹 눌러가며 말했다. 엷게 웃으며 고맙다고 말하는 친구를 등지고 돌아섰다. 이번에는 뒤를 돌아보지 않았다.

역 쪽을 향해 다시 걸었다. 길가에 붕어빵을 파는 포장마차가 있었다. 스무 살 남짓 앳된 여자 세 명이 깔깔 웃으며 그 앞에서 붕어빵을 나눠 먹고 있었다. 그들을 스쳐 지나가면서 우리의 웃음소리도 싱그럽게 들렸던 젊은 날을 떠올렸다.

앞으로 살면서 몇 번이나 더 그녀를 볼 수 있을까. 자주 보지 않아도 좋으니 다만 그녀가 그곳에서 잘 지내길 바란다. 오피스텔 벽에 붙어 있던 글귀처럼 내 친구의 남은 인생이 별보다 빛나기를 진심으로 빌어본다.

생일잔치의 떡케이크, 너란 존재의 의미

    토요일 오후, 큰 뷔페식당에 연회장을 빌려 병원 이사장님 생신 잔치 겸 전체 회식을 진행했다. 코로나로 인해 지난 2년간 단체 행사라고는 뚝 끊겼다가 실로 오랜만에 진행하는 행사였다. 직원 자녀들도 데리고 와도 된다고 해서 딸을 데리고 참석했다. 식당 안은 스테이크부터 초밥, 각종 해산물까지 가지각색의 음식들이 즐비했다. 맛있는 자극에 눈과 코가 즐거운 비명을 질렀다. 그동안의 거리 두기로 억눌려왔던 억압이 이미 폭발한 이후라 식당은 사람들로 발 디딜 틈 없이 북적거렸다. 오후 2시가 지난 시각이었기에 배가 고팠다. 예약된 홀로 들어가 테이블을 잡고 서둘러서 일어났다. 접시를 들고 눈에 보이는 대로 음식을 퍼서 꽉꽉 담은 뒤 테이블로 돌아와 전부 흡입했다. 다 먹기 무섭게 또 일어나 음식을 가져와 먹었다. 그런 나와는 달리 입맛이 까다로운 딸은 흰쌀밥에 갈비찜, 치킨 몇 조각을 먹더니 바로 후식으로 초콜릿 아이스크림과 과일을 먹었다.

어느덧 직원 대부분이 포만감과 함께 의자 속 깊이 파묻히려는 찰나, 사회자의 마이크를 잡는 소리로 축하식의 포문이 열렸다. 학창 시절 교장 선생님의 훈화 같은 축하 인사가 몇 차례 이어졌다. 곧이어 전 직원이 자리에서 일어나 이사장님의 생신 축하 노래를 불렀다. 노래와 동시에 한 직원이 떡케이크를 들고 등장했다. 앙금으로 만든 노란색과 진한 보라색 꽃, 초록의 잎사귀로 둘레가 장식된 아름다운 케이크였다. 케이크에 꽂혀있던 한 개의 초는 촛불이 꺼질 듯 말 듯 위태롭게 생명을 유지하고 있었다. 박수갈채 속에서 촛불이 꺼지고 케이크 커팅식(?)까지 끝났다. 이번에는 그간 우리의 노고를 위로하는 이사장님의 말씀이 시작되었다.

가뜩이나 바쁘게 일했던 오전을 보낸 데다 밥까지 잔뜩 먹고 난 후였다. 그 영향 탓이었을까. 이사장님의 훈훈한 말씀이 선거 기간 사방에서 들리는 선거 유세차 소음공해처럼 들렸다. 의식이 현실에서 점점 멀어져갔다. 그때 한쪽 구석에서 케이크가 칼로 천천히 잘리는 게 보였다. 고고하고 도도한 자태를 유지하던 케이크는 차례차례 잘려서 한 조각씩 접시에 놓였다. 케이크 접시들은 곧 직원들의 테이블로 분산되었다. 마침내 한 조각이 우리 테이블로 안착하자 케이크 조각을 좀 더 자세히 들여다볼 수 있었다.

대체 이런 작품을 만든 사람은 어떤 사람일까? 명인이나 예술가라고 불러도 손색이 없겠다. 케이크를 빤히 쳐다보다가 포크로 떼어 조금 입에 넣어보았다. 달고 부드러운 앙금이 입에서 아이스크림 녹듯 사르르 녹아내렸다. 그런데 문제가 발생했다. 겨우 한입 먹었을 뿐이었는데 여태 많은 음식으로 꽉 찼던 배가 금방이라도 터질 듯했다. 도저히 더는 먹을 수 없었다. 아까워서 옆에 앉아 있던 직원에게 권유했다. 그녀도 음식이 목까지 찼다며 한사코 거부했다. 우리 딸도 이미 초콜릿 퐁뒤까지 열심히 찍어 먹은 후라 못 먹겠다며 고개를 좌우로 세차게 저었다. 혹시 다른 테이블에 줄 데가 없나 이리저리 둘러보았다. 다른 테이블도 사정은 매한가지였다.

여기저기 흩어진 케이크 조각들은 대상이 분해되어 다시 재구성된 피카소의 그림처럼 사방으로 분산된 채 입체적으로 누워있었다. 테이블 위에서 가련하게 쓰러져 있는 케이크에 눈길을 주는 사람은 그 누구도 없었다. 한때는 거리를 오고 가는 수많은 군중이 감탄의 눈으로 보며 사진에 담았을 벚꽃 생각이 났다. 누구나 알다시피 벚꽃의 영광스러운 순간은 짧다. 봄비와 변덕스러운 바람 몇 번이면 곧바로 길가에 떨어져 천덕꾸러기 신세가 되어버린다. 천대받으며 무심히 짓밟히는 모습이 마치 여기 있는 케이크의 운명과 닮았다고 생각했다.

아무리 고귀한 존재라도 그에 걸맞은 상황이나 장소, 시간에 있을 수 없다면 그 가치가 제대로 평가될 수 없다.

이를테면 지금처럼 성대한 생일잔치의 케이크가 단순히 장식으로만 쓰이다가 버려지는 경우다. 그것의 본래 역할은 장식이 아닌 음식이었는 데도 말이다. 사람도 똑같다. 자신이 아무리 노력해도 의지와 상관없이 능력을 인정받지 못한다면 그 상황이나 자리, 시간이 본인과 맞지 않기 때문일 수있다. 그것은 농구황제 마이클 조던이 야구를 했던 시절을 떠올리게 한다.

그렇다고 지금 하는 일이 싫다고 바로 직장을 그만두고 완벽하게 맞는 일을 찾아 떠나라는 말은 아니다. 생계를 위해 하는 모든 일이 늘 즐거울 수만은 없다. 다만 지금 하는 일이 본인의 성향과 너무나 맞지 않거나 일이 주는 스트레스가 인내심의 한계치를 넘나든다면 나를 둘러싼 여건이 과연 내게 적절한지는 다시 한번 생각해 볼 문제이다. 만약 그 일이 정말 자신과 맞지 않는다고 생각한다면 그냥 가만히 앉아서 신세 한탄만 할 게 아니라, 내게 맞는 일, 하고 싶은 일을 위해 적극적으로 시간을 들이고 노력과 투자를 하며 자발적으로 새로운 길을 찾아 변화를 모색해야 한다.

버려진 케이크를 물끄러미 바라보며 생각을 되새김질하는데 한 동료가 다가와서 말했다.

"버리고 가긴 너무 아까운데 모아 줄 테니 집에 가지고 갈래요?"

그 말에 집에 가져가도 먹을 것 같지 않다고 말하며 정중히 거절했다.

마이클 조던은 농구 코트에 있을 때 제일 위대해 보인다. 케이크는 배고픈 누군가에겐 거부할 수 없는 달콤한 유혹이다. 사람은 자신과 조화를 이루는 일을 할 때 가장 아름답게 빛난다.

오겡끼 데쓰까

"오겡끼 데쓰까? (잘 지내나요?)"

아침에 한 모임 단톡방에서 누군가 활기차게 인사했다. 이 일본어는 우리 세대에선 모르는 사람이 없다. 1999년 엄청나게 인기를 끌었던 이와이 슌지 감독의 영화 〈러브레터〉에 나오는 아주 유명한 영화 대사이기 때문이다. 극 중 여주인공이 설원 위에서 죽은 남자친구를 그리워하며 외치던 장면에서 나왔다. 영화의 인기만큼이나 그 당시 패러디도 물밀듯이 쏟아져 나왔다. 20년이 훨씬 지난 지금까지도 가끔 그 말이 인용되는 모습을 볼 수 있다. 단톡방에 뜬 인사를 보고 혼자 배시시 웃었다. 내겐 이 말을 들을 때마다 따라오는 그때 그 시절의 추억이 있다.

대학교 때였다. 나와 내 친구들은 수업이 끝나면 집으로 곧장 가기 아쉬워 삼삼오오 모이기 일쑤였다. 우리는 학교 근처를 어슬렁거리며 대패 삼겹살집, 감자탕집, 호프집 등을 전전했었다. 어디를 갈지는 오직 그날의 주머니 사정에 달려있었다. 술 사 먹을 돈이 부족한 날에는 맥주 몇 병만 사서 친구의 자췻집을 털기도 했다.

내 키가 아직 아빠의 허리 정도밖에 안 되던 소녀였을 때로 기억한다. 아빠는 종종 한밤중에 집에 들어오셨다. 그 시간이면 나와 동생들은 으레 꿈속에서 헤매고 있었다. 아빠는 술 냄새 풀풀 풍기는 뽀뽀로 우리를 깨웠다. 자다가 눈도 제대로 못 뜬 채 일어나면 맛있는 걸 가져왔다고 말하며 벌겋게 충혈된 눈으로 씩 웃는 아빠가 앞에 있었다. 그때 먹었던 바삭함이 간신히 매달린 치킨과 쇠심줄보다 질긴 닭똥집의 맛은 앞으로도 평생 못 잊을 것 같다. 그 기억은 엉뚱하게도 나중에 커서 아빠처럼 술을 잘 마실 거라는 잘못된 믿음을 주었다. 그렇게 스무 살이 되었다. 현실의 뚜껑을 열어보니 나는 술이 센 사람이 아니었다. 그걸 깨달을 때까지 숱한 밤을 비틀거리며 친구들에게 끌려다녔다.

그날도 그런 날 중 하나였다. 몹시 추웠던 겨울, 이미 며칠째 눈이 내려 세상은 온통 하얗게 변해 있었다. 마지막 수업이 끝나고 누가 먼저라고도 할 것 없이 우리는 다 같이 호프집으로 가서 술을 마셨다. 이 세상에 우리만 존재하는 듯 시끄럽게 웃고 떠들며 놀다 보니 밤이 점점 깊어져 갔다. 어느새 자정이 넘었다. 우리는 흥건히 취한 상태로 호프집을 나왔다. 그사이 밖에는 함박눈이 또 내리고 있었다. 소복소복 내리는 눈이 은은하게 비치는 가로등 불빛 아래를 차례로 지나갔다. 걸을 때마다 들리는 뽀드득뽀드득 눈 밟는 소리가 기분 좋은 흥분을 일으켰다.

길을 따라 걷다가 얼핏 고개를 돌려 옆을 보았다. 아직 그 누구의 발자국도 닿지 않은 새하얀 눈으로 덮인 공터가 보였다. 그 공터를 본 순간 즉시 영화 러브레터가 떠올랐다. 순간 느닷없이 공터로 달려가 허공에 대고 소리를 질렀다.

"오겡끼 데쓰까! (잘 지내나요!)"

뒤에서 친구들의 웃음이 터졌다. 웃음소리에 자신감이 더욱 고취되었다. 그대로 무릎을 꿇고 한 번 더 소리쳤다.

"와타시와 겡끼데쓰! (저는 잘 지내고 있어요!)"

친구들이 하나둘씩 내 옆으로 걸어왔다. 꿈에 취한 듯 하늘을 쳐다보았다. 어릴 적 엄마가 푹 꺼진 목화솜 이불의 홑

청과 안감을 다 뜯어내고 솜을 꺼냈을 때의 기억이 되살아났다. 엄마는 홀쭉해진 목화솜을 들고 솜틀집을 다녀왔다. 솜을 튼 후에 막 태어난 갓난아기처럼 새 솜이 된 목화솜이 참 놀라웠다. 엄마는 솜을 하얀 안감으로 한 땀 한 땀 바느질하며 다시 이불을 만들었다. 그때 보았던 보송보송한 목화솜이 산산이 찢어져 나풀거리며 내 얼굴에 떨어졌다. 차디찬 솜 조각들은 피부에 닿자마자 술의 열기로 금세 녹아내렸다. 기분이 정말 좋았다. 그때였다. 뜬금없이 한 친구가 눈 뭉치를 만들어 다른 친구에게 던졌다. 잠시 후 우리는 땀이 나도록 한참 동안 눈싸움했다. 웃고, 울고, 떠들고, 슬퍼하고, 통곡하고 그러다 아무렇지도 않게 다시 웃던 감정에 솔직했던 나날이 오늘따라 참 아련하다.

사실 대학생이라는 신분은 굉장히 애매한 위치이다. 정신과 감성은 전과 같이 철부지인데 갑자기 주변에서 성인으로 인정한다. 사회에 본격적으로 진출하기 전 제 몫을 하는 일원이 되기 위한 준비를 해야 하는 시기이기도 하다. 한마디로 미성숙한 자아와 성숙한 의무가 이제 막 서로 충돌해서 아직 명확한 경계선이 그어지기 전이다. 그래서 그랬을까. 나는 그 시기 내내 중립지대에 체류하며 오히려 남들이다 겪는 사춘기 때보다 더 많은 방황을 했었다.

그러나 지금 객기와 방황으로 점철되었던 시절을 다시 돌아보면 그 시간이 단지 쓸데없는 낭비만은 아니었다고 이해하게 되었다. 여전히 어렸고 인생에 대해 모르는 것투성이였기에 충분히 고민하고 정처 없이 헤맬 시간이 필요했다. 그때는 의미 없이 흘려보냈다고 생각했던 나날들이 차곡차곡 내 안에 쌓였다. 그것들은 지금까지 살면서 몇 번이나 넘어지려고 할 때마다 딛고 일어설 수 있는 든든한 버팀목이 되어주었다. 그렇게 나는 힘들고 팍팍한 현실을 감당할 수 있는 진짜 어른이 되어갔다. 방황의 시간을 함께한 친구들은 인생의 귀중한 자산으로 남았다. 우리는 지금도 그때의 추억을 곱씹으며 웃곤 한다.

오겡끼 데쓰까. 와따시와 겡끼데쓰.
내 순수의 시절은 여전히 안녕하다.

달이 전깃줄에 대롱대롱 걸린 날

    나에게는 여동생이 둘 있다. 결혼해서 자신의 가정을 꾸린 동생들은 각각 아들 하나씩을 낳았다. 나이 들면 자매는 사이가 좋아진다더니 자라면서 숱하게 싸웠던 우리가 이젠 친구같이 정다운 사이가 되었다. 주말에 두 동생네 식구들과 캠핑하러 가기로 했다. 초봄이라 아직은 밤뿐만 아니라 낮 기온도 제법 쌀쌀하지만, 요즘 들어 부쩍 캠핑에 푹 빠진 동생들은 별로 개의치 않고 날짜를 잡았다.

    평생 캠핑을 해본 적이 열 손가락 안에 들 정도로 별로 없다. 낯설고 불편한 곳에서 잠을 청하는 일 자체에 거리낌이 분명히 있었다. 동생들도 나와 비슷했었다. 그러다 코로나 상황 2년 동안 에너지 넘치는 어린 아들과 주말마다 마땅히 할 게 없어서 캠핑을 시작했다. 그렇게 몇 번 가다가 본격적으로 재미를 붙였다고 한다. 우리 집은 텐트 하나 달랑 있었지만, 장비를 다 가진 동생네를 믿고 전에도 두어 번 따라갔었다. 볼 때마다 동생들의 캠핑 장비는 더욱 복잡해지고 화려해졌다.

토요일이 되었다. 남편이 내 퇴근 시간에 맞춰 딸을 태우고 병원 근처로 차를 끌고 와서 기다리고 있었다. 우리는 곧장 남양주의 야영장으로 출발했다. 평소 차만 타면 멀미가 나서 잠을 자는 데다 그날은 전날 회식으로 늦게 잤었다. 그 탓에 몸이 나른해져서 눈을 감자마자 잠이 들었다. 얼마나 잤을까. 다 왔다는 남편의 말에 눈을 떠보니 이미 야영장에 도착해 있었다. 차에서 내려 동생네 식구들을 발견하고 곧장 그쪽으로 다가갔다. 동생들은 이미 텐트를 다 치고 테이블을 차리고 있었다. 잠시 후 부지런한 막냇동생이 로제 떡볶이를 뚝딱 만들어왔다. 우리의 식도락 캠핑은 그렇게 정식으로 시작되었다.

사설 야영장이라 전기 시설은 물론이고 샤워실, 화장실, 개수대까지 하룻밤 자기에 손색이 없는 곳이었다. 놀이터에는 트램펄린까지 설치되어 있어 아이들의 환심을 사기에도 충분했다. 조카들은 바로 트램펄린으로 뛰어들어가 정신없이 놀았다. 그에 반해 우리 딸은 놀이터를 한 번 힐끗 보더니 저긴 별로 흥미가 없다며 바로 게임기를 켰다. 습관처럼 되풀이하는 '싫어'라는 말에 이어 요즘 들어 잘 움직이려 하지 않는 건 코로나로 집에서 늘어져 있는 시간이 많아져서 그리된 건지, 아니면 부쩍 큰 키와 함께 온 사춘기 탓인지 아직도 헷갈린다.

어느덧 날이 저물어 둘째 제부가 모닥불을 피웠다. 우리는 그 옆에 테이블을 다닥다닥 붙여서 모여 앉았다. 곧 저녁 식사로 준비해 온 삼겹살과 가리비를 꺼내 구워 먹었다. 저녁을 다 먹은 후엔 다 같이 모닥불 주위에 빙 둘러앉아 요즘 대세라는 불멍을 즐겼다. 식사 후 포도주 한 잔을 마시자 금세 취기가 돌았다. 꾸벅꾸벅 졸다가 얼마 버티지 못하고 딸과 함께 텐트로 들어갔다. 텐트 바닥에 가지고 온 전기장판을 깔고 그 위에 침낭을 쫙 펼쳐 이불처럼 깔았다. 잘 준비를 마치고 딸을 데리고 세면도구를 챙겨 샤워실로 갔다. 우리는 간단하게 세수와 양치만 하고 텐트로 돌아와 바로 잠이 들었다.

알람 소리에 눈을 떠 시간을 확인했다. 새벽 4시 반이었다. 딸이 깰까 봐 얼른 휴대전화 알람을 껐다. 등은 따스웠으나 보일러 돌아가는 집에서는 느껴보지 못한 쾌활한 산 공기가 호기롭게 텐트로 들어와 코를 시리게 했다. 시린 코를 문지르며 비몽사몽간에 조금 더 뒹굴뒹굴했다. 잠시 후 조용히 텐트 밖으로 나와 앞에 주차된 차로 걸어갔다. 짐작대로 남편이 혼자 차 안에서 곤히 자고 있었다. 전날 둘째 제부와 술을 마시고 있던 남편에게 그냥 적당히 마시고 들어오라고 했었는데, 둘이 새벽까지 마셨는지 코 고는 소리가 차 창문이 깨질 듯이 울려 퍼졌다. 차 문을 열자, 실내등이 바로 켜졌다. 그 불빛에 그는 인상을 찌푸리며 눈을 게슴츠레 떴다. 몇 차례의 설왕설래 끝에 남편을 억지로 끌어내 텐트로 밀어 넣었다. 그사이 시간은 어느새 5시 반이 넘었다.

아직도 사방이 밤인지 새벽인지 분간이 안 될 정도로 깜깜했다. 냉기가 목으로 스며들어 옷깃을 단단히 여미었다. 하늘을 올려보니 별이 검은 벨벳 드레스에 달린 스팽글 장식처럼 반짝거렸다. 그 옆에는 웃는 실눈을 그린 것 같은 초승달이 전깃줄 사이로 뚜렷하게 보였다. 달을 자세히 보려고 몇 걸음 앞으로 나갔다. 이번에는 초승달이 전깃줄에 대롱대롱 매달렸다. 한 발짝 더 앞으로 나갔다. 드디어 달이 전깃줄을 완전히 벗어났다. 지구에서 약 38만 5천km 떨어진 자연

위성을 단지 내 발걸음과 시선을 변화시켜 움직였다.

불현듯 삶에 대한 태도도 지금 달을 보는 시선처럼 유연해져야겠다는 생각이 들었다. 현재 겪고 있는 상황을 어떻게 보느냐에 따라 결과는 확연하게 달라진다. 마음가짐에 따라 상황에 깔릴 수도 있고 줄에 묶인 듯 사로잡힐 수도 있다. 물론 때에 따라서 얼마든지 넘어설 수도 있다. 상황은 내 의지와 상관없이 계속 흘러간다. 살다 보면 기쁘고 흔연한 날도 있지만 언제나처럼 반가운 순간은 그리 오래 가지 못한다. 그보다는 정도가 다를 뿐인 고통이 더 많은 날을 차지한다. 과거에도 마주쳤고, 지금도 만나고 있고, 앞으로도 보게 될 수많은 역경 앞에서 내가 할 수 있는 유일한 일은 그저 그 상황을 넘을 수 있다는 생각의 전환과 그에 따른 대처뿐이다.

아무리 힘든 일이 닥쳐도 괜히 상황을 확대해석하여 좌절을 키우지 말아야겠다. 그 시간에 차라리 어떻게 슬기롭게 넘길지 생각해 볼 테다. 감정에 휩싸이기 전 한 발짝 움직여 그 일에서 일정한 거리를 두는 게 먼저다. 그래야 상황 파악을 제대로 할 수 있다. 만약 넘을 가능성이 조금이라도 있다고 판단되면 일단 시도해 봐야겠다. 그래도 바뀌는 게 없으면 내가 선택한 방법에 문제는 없는지 확인하고 수정한 후 다시 부딪히면 된다. 그렇게 한고비씩 넘기다 보면 언젠가 거친 산도 넘고 광활한 바다도 건너가 있을 것이다. 그때가 되면 계절의 변화를 다 이겨내고 가을에 몰랑몰랑 영근 선홍색의 달콤한 홍시처럼 다양한 경험으로 무르익은 성숙한 사람이 될 수 있다.

멀리 어디선가 수탉이 울며 아침이 오고 있다고 알렸다. 차디찬 어둠 속에서도 전깃줄에 걸린 희망의 달을 포착할 수 있는 사람은 머지않아 눈부신 아침 햇살이 온 세상을 포근히 감싸리라는 사실 역시 안다. 그건 단지 시간의 문제일 뿐이지만 오직 자각하는 자만이 누릴 수 있는 기쁨이다. 그런 생각을 하니 모처럼 맞는 한뎃바람이 비교적 견딜만했다.

등산의 진짜 묘미

운동 메이트 언니와 수리산 수암봉으로 등산을 가게 되었다. 얼마 전부터 언니는 산이 주는 상쾌함에 반했다며 등산에도 취미를 붙였다. 그 말을 할 때마다 내게도 몇 번씩이나 같이 가자고 했었다. 원래 등산을 그리 좋아하는 편이 아니었기에 썩 내키지 않았다. 계속 다음에 가겠다고 차일피일 미뤘다. 그러다가 곧 있으면 너무 더워져서 정말 가기 힘들어진다는 언니의 말에 더는 미룰 수가 없었다. 결국, 주말에 함께 가기로 약속을 잡았다.

이십 대 때 일했던 병원에 산악회가 있었다. 아무것도 모르는 신입은 산악회의 좋은 먹잇감이었다. 병원에서 비용 대부분을 대준다는 꼬임에 어린 양은 바로 넘어갔다. 그렇게 교과서에서나 보던 설악산, 그것도 대청봉 코스를 등산화가 아닌 스니커즈를 신고 따라갔다. 그때 너무 힘들어서 나중에는 네발로 기어서 올라갔다. 이후 산이라면 완전히 질려버렸다. 병원 산악회 대장을 마주치면 또 가자고 할까 봐 한동안 숨어다녔다. 그날을 계기로 내게는 산은 개고생이라는 등식이 성립되었다. 그랬던 나도 어느 정도 나이가 든 것일까. 1시간이면 올라갈 수 있는 짧은 코스이고 산 공기도 좋다는 말에 혹해서 가기로 한 걸 보면 말이다. 그 시절 산악회를 피해 다녔던 심경을 이제는 완전히 잊었나 보다.

토요일 퇴근 후, 병원 근처로 날 데리러 온 언니의 차를 타고 바로 수암동으로 출발했다. 우리는 수암봉 공영주차장에 도착해서 차를 주차하고 산 입구로 향했다. 입구에는 두 갈래로 갈라진 길이 보였다. 언니가 말하길 왼쪽 코스는 높이가 가파르지만, 거리가 짧고 오른쪽 코스는 좀 완만한 대신 계단이 많으니 왼쪽 코스로 갔다가 오른쪽 계단 코스로 내려가자고 했다. 그러자고 대답하고 산을 오르기 시작했다.

이미 수리산에 한 번 와본 언니를 앞세우고 뒤따라 걸었다. 언니는 산에 사는 다람쥐처럼 날렵하게 걸었다. 산이 익숙하지 않았던 나는 언니와 간격이 조금씩 벌어졌다. 언니는 그런 나를 종종 돌아보며 그리해서 정상까지 올라갈 수 있겠느냐고 걱정스레 물었다. 그럴 때마다 야무지게 고개를 끄덕이며 의지를 다졌다.

30~40분쯤 지났을까. 빠른 속도로 올라가던 언니의 속도가 차츰 느려지더니 그 자리에서 멈추었다. 어느샌가 거북이가 토끼를 지나치듯 언니를 지나쳐 터벅터벅 앞서 걸었다. 나도 가쁜 숨을 몰아쉬고 있었다. 왠지 멈추면 이대로 주저앉아 다시 일어날 자신이 없었다. 그렇게 힘겹게 계속 산을 탔다.

한참을 더 올라가다 보니 소나무 쉼터가 보였다. 쉼터에 앉아 가지고 온 물을 꺼내 마시고 땀을 식혔다. 언니가 계속 보이지 않았다. 혹시 어디 다친 건 아닐까 하는 불안한 마음이 들었다. 전화하려는 찰나, 저 아래에서 올라오는 언니가 보였다. 곧 내가 앉아 있던 나무 벤치에 털썩 주저앉았다. 언니는 너무 숨차고 어지러워서 좀 쉬었다 왔다고 말했다. 요즘 다시 식사 조절을 하며 아무래도 체력이 좀 떨어진 눈치다.

우리는 잠시 앉아 있다가 다시 산을 탔고 마침내 수암봉

정상에 도착했다. 멀찌감치 보이는 아파트와 도로 위를 지나가는 차들이 마치 아이 방 벽에 있던 우리 마을 그림지도 같았다. 언니의 우려를 말끔히 씻어내고 정상을 찍은 자신이 뿌듯했다. 나 같은 등산 초짜가 초반에 앞사람을 따라잡겠다고 걸음을 재촉했더라면 진작에 지쳤을 것이다. 느리게 가더라도 멈추지만 않는다면 언젠가는 목적지에 도착할 수 있다. 누가 먼저 도착하는 건 중요하지 않다. 먼저 정상에 도착한 사람은 일행이 도착할 때까지 기다려주어야 한다. 등산은 승부를 겨루는 시합이 아니라 즐거움을 공유하는 놀이이다.

우린 그곳에서 탁 트인 경치를 감상하고 사진을 몇 장 찍었다. 내려갈 때는 계획대로 반대쪽 계단 코스로 갔다. 과연 언니의 말대로 경사는 아까보다 완만했지만, 계단이 무척이나 많았다. 계단을 밟을 때마다 수술했던 왼쪽 무릎이 아팠다. 무릎이 안 좋은 사람은 계단을 올라갈 때보다 내려갈 때 더 큰 불편감을 느낀다. 아마도 일정한 간격으로 이루어진 계단을 밟을 때마다 무릎이 구부려지며 받는 하중이 올라갈 때보다 더 크기 때문인 듯하다.

언니는 그새 기운을 차렸는지 다시 가볍고 빠른 걸음으로 성큼성큼 나아갔다. 그런 언니를 앞으로 보내고 계속 무룘을 의식하며 조심스럽게 내려갔다. 언니가 왜 그러냐고 묻길래 유독 계단이 내게 힘든 이유를 설명했다. 이럴 줄 알았으면 아까 올라왔던 그 길로 다시 내려갈 걸 그랬다고 투덜거리기도 했다. 그러자 언니가 말했다.

"너는 정말 등산에 대해서 하나도 모르는구나. 등산은 그렇게 하는 게 아니야. 같은 길로 내려가면 재미가 없잖아."

흔히 결과보다 과정이 중요하다고들 하는데 이걸 설명하는 데 있어 등산보다 더 적절한 예가 또 있을까. 그제야 등산의 진정한 묘미는 정상까지 올라가 성취감에 도취한 채 경치를 보는 것이 아닌 오르고 내려가는 과정에서 눈에 담는 다채로운 장면이었음을 깨달았다.

단순히 하루 동안 하는 등산도 이렇게 재미를 위해 새로운 길을 시도하는데 하물며 매일 반복되는 일상이 매번 똑같기만 하다면 얼마나 지루하겠는가. 멈추지 않고 끝까지 걸어서 정상에 도착하는 것처럼 괄목할 만한 결과를 남기는 것도 좋다. 하지만 그보다 중요한 건 처음 본 길을 걸어가며 경치를 즐기듯이 일상에서도 참신한 변화를 추구하며 과정을 마음껏 누리는 일이다. 그래야 기나긴 인생길에서 죽음이라는 종착지까지 가는 동안 더 즐겁고 행복하게 살 수 있으니까.

내 인생도 그랬으면 좋겠다.

가방은 사랑을 타고

내게 새 가방이 생겼다.

이야기는 이러하다. 평상시 의류나 화장품 같은 데에 돈 쓰는 걸 별로 좋아하지 않는다. 사실 친구들 사이에선 예전부터 유명한 짠순이로 통했다. 돈을 전혀 쓰지 않는 건 아니지만, 한 친구의 말대로 평생을 소처럼 일만 해온 나였기에 힘들게 번 돈을 단지 몸을 꾸미는 데 쓰는 물건과 바꾸는 게 아까웠다.

몇 달 전 낡아서 해어진 가방을 버리고 새 가방이 필요했을 때 인터넷으로 2만 5천 원짜리 저렴한 인조가죽 가방을 샀다. 그걸 여태까지 들고 다녔는데 얼마 전 가방끈이 끊어져 버렸다. 싼 게 비지떡이라더니 옛말 하나 그른 게 없다. 몇만 원 아껴보려다가 버려야 할 환경 쓰레기만 하나 더 늘렸다.

그게 발단이었다. 인터넷 쇼핑몰을 정처 없이 떠돌며 가방을 찾아 떠난 게. 사람의 마음이란 참 변덕스럽다. 처음에는 저렴한 가방을 찾아보다가 30~40만 원짜리 브랜드 가방을 보고, 어느새 프라다 가방을 보고 있던 나를 발견한 건 가방을 검색하기 시작하고 일주일이 지난 시점이었다. 그러나 한 달 월급과 맞먹는 그런 비싼 가방을 마트에서 과자를 사듯 쉽게 살 수는 없었다.

다음으로 온라인 중고품 거래로 유명한 당근마켓을 구경했다. 마치 무언가에 중독된 사람처럼 눈뜬 후 시간이 날 때마다 가방을 구경했다. 며칠 뒤 마침내 중고가방 2개를 점찍었다. 오랜 시간 투자한 만큼 신중하게 결정하고 싶어 가방 링크를 친구들 단톡방과 내 동생들에게 전송하며 의견을 물었다. 친구들은 둘 중 하나를 골라달라는 내 부탁에는 무관심했다. 대신 제발 이번에는 괜찮은 새 가방을 하나 사자고 애원하듯 말했다.

그날부터 다음 날까지 이틀 동안, 단톡방 최대의 이슈는 내 새 가방 찾아주기였다. 친구들은 나를 위해 인터넷으로 가방을 찾아보았다. 적당하다 싶은 가방을 발견하면 선거 유세하듯 자신들이 고른 가방 후보를 보여주며 장단점도 설명했다. 평소 내 취향을 알기에 비싼 명품은 피하고 주로 중저가의 가방으로 선보였다. 후보들을 볼 때마다 이 핑계 저 핑계를 대며 계속 머뭇거렸다.

마침내 부산에 사는 한 친구가 말했다.

"정말 중고를 살 거면 차라리 내가 예전에 쓰던 가방을 줄까? 네가 좋아하는 타입의 편하게 맬 수 있는 쇼퍼백이야."

친구의 말에 부리나케 고맙다고 대답했다. 다른 친구들은 이틀 동안 자신들의 노력이 수포가 되자 허망해했지만, 정작 나는 이제 가방 쇼핑에 신경 쓸 필요가 없게 되어 신이 났다. 얼마 후 택배로 가방이 왔다. 친구에게 가방을 얻었다고 병원 동료와 동생들에게도 보여주며 자랑했다. 비록 쓰던 가방이었지만 선의로 보내 준 친구의 마음이 진실로 고마웠다.

그로부터 며칠이 지난 어느 날 퇴근 무렵, 막냇동생이 전화로 우리 집에 왔다고 했다.

"언니 오늘은 퇴근하자마자 집에 곧장 와. 나 할 말이 있어."

　동생에게 무슨 일이 있는 건 아닌지 걱정스러워 서둘러 집으로 돌아왔다. 동생은 그런 나를 보자마자 다짜고짜 커다란 상자를 하나를 내밀었다. 상자를 뜯어보니 비닐에 쌓여있는 가방이 있었다. 종이 라벨이 온전하게 붙어 있는 새 가방이었다.

　"언니가 하도 안 사길래 내가 언니 주려고 가방 하나 샀어."

　동생의 갑작스러운 선물을 받아 들고 있자니 멋쩍은 웃음이 나왔다. 뭐 이런 걸 돈 주고 샀냐고 핀잔하듯 말했다. 동생은 그런 말을 귓등으로 들으며 내 가방에서 물건을 전부 꺼냈다. 자신이 선물한 새 가방으로 옮겨 넣으며 다음 말을 날렸다.

　"내가 이렇게 해야 언니가 가방을 쓸 테니까."

　그렇게 동생이 준 가방도 새 식구로 맞이했다. 지금 내 옆에 있는 가방 속에는 동생이 넣어둔 물건들이 자기의 위치를 고수하며 오손도손 모여있다. 이번 일로 친구의 우정과 가족의 사랑을 한꺼번에 확인하며 세상에 부러운 것 없는 사람이 되었다. 그냥 예쁘거나 비싸서 산 물건이 아닌 이런 물건이야말로 비교할 수 없는 가치가 있다. 이런 물건에는 향기로운 사람 냄새가 난다.

또 며칠이 지났다. 일하고 있는데 단톡방에서 자기 가방을 보내줬던 친구가 가방 사진을 하나 올렸다. 친구는 사진 속의 빨간색 숄더백이 홈쇼핑에 나왔는데 살까 말까 고민이 된다고 했다. 어딘가 매우 낯익어 보이는 가방이었다. 가방을 자세히 확대해 보았다. 예전에 엄마와 백화점에 갔었을 때 샀던 가방이 떠올랐다. 때와 장소에 따라 작은 가방도 필요하다는 엄마의 말에 솔깃해서 샀지만, 여태 한 번도 사용하지 않은 내 숄더백과 색과 모양이 거의 유사했다.

주저 없이 친구에게 비슷한 것이 있으니, 택배로 보내 주겠다고 했다. 집으로 돌아오자마자 옷장에서 숄더백을 꺼냈다. 가방은 버클에 붙어 있던 비닐조차 떼지 않은 상태였다. 예쁜 가방인데 주인을 잘못 만난 것뿐이다. 이제 너를 정말로 소중하게 사용할 사람에게 보내 주어야 할 때가 되었다. 가방을 정성스럽게 에어캡으로 둘둘 감싸고 종이상자에 넣었다. 그길로 편의점에 가서 택배로 부쳤다.

사흘 뒤 가방을 받은 친구는 받은 외출하는 길에 가방을 멘 사진을 찍어 보내며 말했다.

"후후, 아깝지 않아?"

그 말에 피식 웃으며 친구에게 주는 건데 뭐가 아깝겠냐고 대답했다. 친구도 나처럼 가방을 통해 잠시나마 나의 호의를 느끼기를. 가방을 들 때마다 가방 타고 들어온 배려의 향기를 맡길 바랐다.

생각이 끼어들 틈이 없는 행복

두 동생네 식구들과 태국 끄라비로 여행을 갔다. 세 집에서 3년 넘게 매달 일정 금액을 모아왔다. 중간에 한 번 여행을 가볼까 계획을 짜려는데 코로나가 터졌다. 전 세계로 퍼지는 무서운 바이러스에 우리는 놀러 나갈 엄두를 내지 못했다. 그러다 방역 당국의 방역 완화조치가 시행되자 해외여행이 서서히 재개되었다. 뉴스를 보고 우리도 이제 가보자고 입을 모았다. 모든 가족의 일정을 조정하는 게 쉽지는 않았지만, 어렵게 날짜를 맞췄다. 드디어 대가족 여행이 성사된 것이다.

여행은 떠나기 전날이 가장 즐겁다고 했던가. 전주부터

기분이 한껏 부풀어 오른 남편과 딸의 기대치는 여행 전날 최고치가 되었다. 그에 반해 내내 일 속에 파묻혔던 나의 기분은 좀처럼 들뜨지 못했다. 여행 당일 인천공항에 발을 딛자, 전 세계에서 온 여행객들과 여행용 가방들이 한눈에 들어왔다. 비로소 떠난다는 실감이 들었다. 그때부터는 내 심장도 두근거렸다. 동시에 입가에도 미소가 떠나질 않았다. 우리는 6시간 비행 후 한밤중에 푸껫 공항에 도착했다. 너무 늦은 밤이라 예약했던 근처 호텔에서 1박을 했다. 다음 날 끄라비 아오낭 바닷가에 있는 리조트로 이동해서 5일간 머물렀다. 그 후 수영장이 딸린 호텔로 한 번 더 옮겨서 마지막 이틀의 일정을 마무리했다.

매일 집과 직장, 기껏해야 헬스장이나 들르던 나의 일과가 하루아침에 확 달라졌다. 먹고 자고 노는 단순한 행위는 절대 질리는 법이 없다. 1일 1 마사지를 부르짖던 남편의 소원도 8일간의 여행 중 총 네 번을 받았으니, 반절은 성취한 셈이다. 섬 투어로 갔던 환상적인 홍섬(Koh Hong)에서는 스노클링을 했다. 손만 뻗으면 잡을 수 있을 것 같던 알록달록한 무늬의 열대어들은 꿈속에서나 다시 볼 수 있는 장면이리라. 계속 놀고 끼니때마다 타국 음식을 먹었던 탓인지

여행 중간에 조카 하나가 배탈이 났다. 그 바람에 하루는 호텔에서 온종일 쉬었지만, 풀장 옆 선베드에 누워서 꾸벅꾸벅 졸며 한가롭게 보낸 시간도 무척 좋았다. 이곳의 햇살과 구름은 어쩜 이다지도 아름다운 걸까. 마음이 여유로워진 탓인지 모든 정경이 천국이고 그림 같았다. 붙잡아서 간직했다가 힘든 날 꺼내 보고 싶은 순간이 참 많았다.

해외여행은 낯섦과 익숙함의 공존, 잠시 내 삶에서 분리되는 매력이 있다.

거리에 넘쳐나는 다양한 인종과 문화에서 온 사람들 구경하는 재미가 쏠쏠했다. 태국 특유의 현란한 색채가 가득했던 옷과 가방이 걸려있던 상점에서는 한동안 눈을 떼지 못했다. 즉석에서 믹서기로 갈아서 주는 생과일주스는 맛도 신선했지만, 무엇보다도 저렴한 가격에 반해 매일 마셨다. (한잔에 50밧 = 한화로 약 1,870원이었다.) 그 밖에도 모닝글로리 볶음, 똠얌꿍, 팟타이 등의 음식에서는 태국의 고유한 향과 맛을 느낄 수 있었다. 말이 잘 통하지 않던 현지인과의 대화는 또 어떠했던가. 태국인들 대부분은 거의 영어를 할 줄 알았지만, 그 나라 특유의 억양 때문에 처음에는 단순한 영어조차 알아듣기 힘들었다. 덕분에 굉장히 집중해서 듣고 천천히 대답했다. 언어가 다른 사람과 지내면 초반에는 심리적 위축이 생겼다가 시간이 지남에 따라 차차 그 기분이 해소되고 익숙해진다. 그래도 한국인의 이미지를 대표하고 있다는 의무감(?)으로 좋은 인상을 남기기 위해 정중한 태도를 유지했다.

그런가 하면 낯선 풍경 속에서 익숙한 장면도 발견했다. 호텔 식당에서 세계 각국의 인형같이 생긴 아이들이 부모가 밥 먹는 동안 휴대전화로 게임을 하는 모습을 보고는 묘한 동질감을 느꼈다. 길거리 옷 가게에서 동생이 바지를 사며 주인 아저씨와 가격을 흥정하는 모습은 우리나라 시장에서의 모습과 크게 다르지 않아 정겨웠다. 섬 투어를 위해 탄 모터보트가 푸른 바다를 가르며 만들어 낸 짙은 안개 같은 잔 물방울은 어느 바다에서나 볼 수 있는 청량한 물보라였다. 난 멍하니 감성에 젖어 비행운처럼 형성된 물보라 길을 친근한 마음으로 감상했다.

남편이 유심을 신청했고 호텔 와이파이로도 충분히 인터넷을 쓸 수 있었지만, 의식적으로 아침저녁으로 한 번씩만 소셜 미디어를 들여다보았다. 대신 시간만 나면 선베드에 누워 책을 읽었다. 실제로 떨어진 거리 이상으로 마음의 틈은 지구 반대편만치나 벌어졌다. 내 삶과의 일시적인 단절은 그간 지쳤던 내 영혼이 치유할 수 있는 시간을 주었다. 매일 푹신하고 안락한 호텔 침대에서 일어날 때마다 남편과 딸은 서로를 얼싸안으며 돌아갈 날이 점점 가까워져 온다고 서운해했다.

행복한 시간은 순식간에 사라진다. 그건 기억력이 날로 쇠약해져 가기 때문이 아니라, 행복한 순간에는 생각하지 않기 때문이다. 행복한 순간에 지금의 행복에 대해 생각하는 사람은 행복을 오롯이 가질 수 없다. 행복은 그저 생각 없이 즐기고 때가 되면 보내줘야 한다. 떠나는 행복의 뒷모습에 미련을 가지는 것이야말로 불행의 시초다.

오늘은 꿈같이 흐르던 이번 여행의 마지막 날이다. 잡지에서나 보던 예쁜 화장실과 욕조, 뭉게구름에서 자고 일어난 느낌을 주던 침대, 세련된 분위기의 거실 테이블을 찬찬히 둘러보았다. 빠진 물건이 없나 하나씩 확인하고 마지막 캐리어 가방의 지퍼를 닫았다. 모든 짐을 다 싸고 나니 우리가 여기서 묵었던 시간도 금방 과거 속으로 잠겼다.

아쉬움을 간직한 채 공항을 항해 가는 차 안에서 딸이 말했다.

"엄마, 간장게장 먹고 싶어."

딸의 말에 웃으며 얼른 한국 가서 먹자고 대답했다.

그래, 푹 쉬었으니 이제 다시 생각의 회로를 돌려야 하는 현실로 돌아가자.

삶의 지푸라기

길을 걸었지.

누군가 옆에 있다고 느꼈을 때

나는 알아버렸네.

이미 그대 떠난 후라는 걸.

나는 혼자 걷고 있던 거지.

갑자기 바람이 차가워지네~.

가수 장범준이 리메이크해서 부른 산울림의 노래 〈회상〉
이 귓가에서 흘러나왔다. 이른 아침, 가사처럼 길을 걸어 출
근하고 있었다. 허허벌판에 듬성듬성 난 잡초처럼 길을 지

나가는 사람들이 간간이 보였다. 황량한 길은 오늘이 남들은 다 쉬는 토요일임을 상기시켜 주었다. 돈 욕심이 한창이던 갓 병원에 입문했던 시절에는 낮 밤 가리지 않고 삼 교대로 근무했었다. 그때는 돈 버는 게 제일 중요하다고 생각했었다. 그런데 요즘, 토요일까지 출근한다고 툴툴거리는 내 모습을 보고 있자니, 반찬이 맛없다고 불평하는 어른 몸을 가진 철없는 아이를 보는 것 같았다. 더는 자신을 불쌍하게 만들고 싶지 않았다. 이왕에 가야 한다면 상쾌한 출근길이라도 즐기자.

그런 생각을 하자 가수의 구슬픈 넋두리가 귀여운 아이의 칭얼거림으로 바뀌었다. 마음의 변화와 반대로 가는 가사에 잠시 위화감을 느꼈다. 떠나버린 연인을 회상하며 자책하는 이는 솔솔바람조차 가슴을 할퀴는 칼바람으로 느끼겠지만, 취기에 비틀거리며 새벽에 들어와 코 골며 자는 남편을 뒤로하고 출근하는 아줌마는 아침의 산들바람이 그저 좋다. 그건 다가오는 봄의 싱그러운 숨을 들이마시는 순간이기에. 그리고 잠시라도 쉼을 느낄 수 있는 시간이기에. 아, 더는 못 듣겠다. 흥겨운 노래로 바꿔야겠다.

가사처럼 누군가 옆에 있는듯한 묘한 기척을 알아챈 건

바로 그때였다. 전방 1시 방향에서 까치 한 마리가 눈에 띄었다. 까치는 길가 커피숍 울타리에 매달려있던 화분에 앉아 있었다. 자세히 보니 부리로 화분을 덮던 지푸라기를 물고 있었다. 물고 있던 양이 이미 부리에 가득 차 보였다. 금방 다 토해낸대도 이상하지 않을 정도로 부리에 비해서 많은 양이었다. 그런데도 녀석은 여전히 지푸라기 한 올이라도 더 물어가려고 초집중했다.

까치가 놀랄까 봐 살금살금 다가갔다. 녀석이 어찌나 몰입했던지. 내가 손만 뻗으면 닿을 수 거리에서 옆을 스쳐 지나가는 데도 눈치채지 못했다. 어지간히 열심히구나. 어디에다가 집이라도 만들 요량일까? 흔하지 않은 풍경에 마음을 빼앗겼던 것도 잠시 어느새 까치를 등지고 다시 발걸음을 재촉했다. 일순에 내 머릿속에서는 방금 헤어진 까치의 삶이 모락모락 피어올랐다.

까치는 인근 아파트 단지 내에 있던 한 나무로 날아갔다. 물고 온 지푸라기로 둥지의 마지막 빈틈을 메웠다. 이로써 신혼집 짓기가 마무리되었다. 얼핏 엉성해 보이는 집이었으나 마른 나뭇가지 사이사이에 채워진 지푸라기로 둥지는 비바람에도 끄떡없을 만큼 튼튼했다. 마음 놓고 쉴 수 있는 안식처가 생기고 얼마 지나지 않아 수컷 까치와 암컷 까치에게는 떡두꺼비 무늬의 새알이 생겼다. 어미 새는 오밀조밀 모여있던 사랑스러운 알을 온 마음을 다해 품었다. 인고의 여러 날이 지나자, 알이 깨지고 세상에는 새 생명이 탄생했다.

부모 새는 그날부터 제 몸이 부서지도록 부지런히 먹이를 잡아서 날라다 주었다. 어떤 날에는 삶이 왜 이리 고달픈지 탄식하는 마음이 올라왔다. 배고픔으로 쩍 벌어진 새끼의 조그마한 부리 구멍이 채워도 채워도 채워지지 않는 커다란 구덩이처럼 보였다. 생존을 향한 의지와 두려움으로 뚫린 구멍들은 부모 새의 한숨이 미처 부리 밖으로 빠져나갈 순간조차 허락하지 않았다.

정신없던 하루가 차곡차곡 쌓여서 세월이라는 이름의 작품이 완성되었다. 그동안 무럭무럭 자란 새끼들이 한 마리씩 허공을 향해 힘차게 날아올랐다. 창공을 가르는 새끼의 펼쳐진 날개가 아득히 멀리 사라지는 광경을 보는 부모 새의 눈은 기대와 우려로 혼잡했다.

드디어 마지막 새끼 한 마리만 남았다. 이 녀석은 어릴 적부터 병약했다. 늘 먹이 경쟁에서 뒤처져 볼품없이 작게

컸다. 그래도 여태껏 살아남아 준 것만으로도 대견함이 넘친다. 어미 새가 말했다.

"조금 더 있다가 떠나도 돼. 엄마랑 같이 살고 싶으면 그래도 돼."

그 말을 옆에서 듣고 있던 아비 새는 헛기침을 했다. 그렇게 의존적으로 키워서는 안 된다는 눈빛도 못마땅한 듯 보냈다.

내내 대가리를 조아리고 날개를 움츠리던 새끼가 말했다.

"엄마, 나 부족한 거 알아요. 엄마랑 계속 같이 살면 내 부족한 부분을 엄마가 채워주리라는 것도요. 그런데 그렇게 살면 나는 내가 아닌 엄마의 일부가 되어버려요. 그러니 떠날래요. 완벽하지 않아도 부족한 모양 그 자체로 하나의 완성이라고 생각하며 저는 제힘으로 살게요."

어미 새는 더는 아기가 아닌 새끼 새의 말을 눈물을 그렁그렁 달면서 들었다. 새끼 새는 작은 몸속에 원대한 마음을 품고 있었다. 새끼의 말에 감격한 것도 잠시 어미 새는 곧 마음의 결정을 내렸다. 날개로 새끼 새의 부리를 부드럽게 쓰다듬으며 말했다.

"날개가 작아도 나는 데는 문제가 없단다. 두렵다고 한 곳에만 있지 말고 매일 아침 일어나면 날아오르렴. 먹이를 잡는 데 실패했다고 의기소침해지지 말아라. 단지 먹이를 잡을 때까지 절대 그만두지 않으면 된다. 매나 부엉이처럼 큰 새를 보면 덤비려 하기보다 일단 몸을 숨기고 지나가길 기다려라. 지푸라기를 우습게 보지 마라. 나는 지푸라기를 한 올씩 모아서 너희를 비바람에서 지켜냈다."

어미 새의 말이 전부 끝났다. 새끼는 고개를 끄덕이고 비장하게 날개를 펼쳤다. 푸덕푸덕 푸드덕. 몇 번의 서투른 날갯짓 후에 망설임 없는 힘찬 도약이 시작되었다. 처음 공중에서 몇 번의 위태로운 비틀거림이 있었지만, 새끼 새는 얼마 못 가 하늘의 점이 되어 사라졌다.

이제 모두 떠났다. 어미 새와 아비 새는 빈 둥지를 내려다보았다. 세월이란 작품은 한 여름밤의 아이스크림 케이크처럼 다 먹기도 전에 줄줄 녹아서 바닥으로 흘러내렸다. 둥지의 듬성듬성 보이는 공간으로 바람이 숭숭 들어왔다. 아비 새가 말했다.

"여보, 지푸라기나 집으러 갑시다. 다시 새 둥지를 만들어야지."

혼돈의 막걸리

    금요일 저녁, 오랜만에 모임이 있는 날이었다. 글쓰기로 인연이 된 사람들과 만남이라 비록 빈번하게 보진 못해도 마음은 이미 친근함으로 가득 차 있었다. 서로의 글을 통해 영혼을 읽어 내린 사이란 오랜 시간 내 곁에서 함께한 친구와도 견줄만하다.

    시계만 쳐다보던 두 눈이 귀에 환청 소리를 날렸다. 퇴근 시간 정각이 되자마자 육상선수가 출발 신호를 들은 듯 전속력으로 달려 전철역으로 갔다. 전철을 타고 약속 장소인 교대역에 내려 근처 중국집에 도착했다. 다들 이미 모여서 담소를 나누고 있었다. 반가운 마음에 빙그레 웃으며 인사했다.

서먹함은 잠시, 웃고 떠들며 얘기하다 보니 자리는 어느새 3차로 이어졌다. 마지막 장소는 막걸릿집이었다. 우리는 화기애애하게 테이블에 앉아서 메뉴판을 들여다보며 어떤 안주를 시킬지 궁리했다. 주문한 막걸리와 안주가 도착하고 누군가가 술을 잔에 따라주기 위해 막걸리병을 들고 흔들었다. 내 잔을 포함해서 차례로 빈 잔들이 채워졌다. 그때 모임 통솔자가 자신은 막걸리를 흔들지 않고 마신다며 따로 한 병을 더 주문했다. 한국의 대표적인 탁주를 흔들지 않고 마신다니 좀 의아해서 고개를 갸우뚱거렸다.

"이렇게 마시면 머리가 안 아파요."

그는 점원이 추가로 가져다준 막걸리병을 신중하게 잔에 따르며 설명했다. 내가 그 광경을 뚫어지게 쳐다보자, 그가 한번 맛보라고 잔을 내밀었다. 누룩과 거의 섞이지 않은 술은 청아한 상앗빛을 띠며 수면 위로 잔잔한 물결 파동을 일으키고 있었다. 더는 궁금함을 참지 못하고 한 모금 마셔보았다. 산뜻하고 시큼하면서도 살짝 달짝지근한 맛이 혀 전체에 퍼졌다.

평소 알던 막걸리의 맛과는 사뭇 달랐다. 신선하고 색달

랐지만, 걸쭉한 막걸리에 비해 그 맛은 왠지 밍밍하고 허전했다. 맑은술을 더 권하는 그에게 괜찮다고 말하고 내 술잔에 있던 뽀얀 술을 들이켰다. 탁하고 진한 맛이 목구멍에 흘러내렸다. 술과 누룩이 무질서하게 섞인 흐리터분함이 왠지 모르게 마음을 더 편하게 해 주었다.

티 없이 맑고 깨끗하게 살고 싶다고 생각하곤 했다.
상처받을 일이 생기지 않았으면 했다.
즐겁고 행복하고 좋은 일만 경험하고 싶었다.
남들하고 아웅다웅 다투지 않고 살고 싶었다.
적당한 거리를 갖는 직장 내 인간관계가 때론 씁쓸했다.
가끔은 이대로 멀리 사라지고 싶었다.

무결한 삶을 살았더라면….
그렇게 되었더라면 지금보다 행복했었을까?

완전무결한 삶은 틀에 박힌 삶이다. 모든 일은 늘 순조롭게 돌아간다. 그 세계에서는 작은 일탈도 허용되지 않는다. 지루하고 재미없을 뿐만 아니라 상상만 해도 목이 졸리듯 숨이 막힌다. 만약 완벽한 세상에서 산다면 어떻게 될까. 아이가 하나하나 조각을 맞춰놓은 퍼즐 그림처럼 빈틈없는 세계에 유일하게 아귀가 맞지 않는 퍼즐 조각은 내가 되리라.

이쯤에서 내게 다시 물어야겠다. 실로 그런 삶을 살기를 원하는지, 하얀 캔버스에 실수와 후회로 색칠하여 얼룩덜룩해졌다고 생각했던 지난날이 오직 부끄럽기만 한 건지? 더 어긋날 것인가? 여기에서 그만할 것인가? 언제까지 타인의 결정에 의존해서 살 것인가? 내가 진정 원하는 건 무엇인가? 대체, 어떤 삶을 살고 싶은가?

지금의 나는 수많은 내면 전투의 결과다. 불완전한 존재는 때론 꺾이고 굴복했다. 영원히 어둠의 터널에 갇혀서 살줄 알았던 순간을 처절하게 보내고 전혀 멋지지 않게 기어서 빛으로 나왔다. 보통 사람들의 삶이 그러하듯 내 삶도 그리 아름답지 않았다. 공부를 못해서 지방대 간호학과에 들어갔다. 졸업 후에도 몇 번이나 취업의 고배를 마셨다. 겨우 들어갔던 첫 번째 병원에서는 힘들다고 8개월 만에 뛰쳐나왔다. 다른 일을 하고 싶었지만, 다른 일을 할 줄 몰랐다. 평생 아팠던 아빠의 첫째 딸로 태어났기에 병원비가 언제 어떻게 불어날지 몰라 늘 걱정하며 지냈다. 결국, 병원으로 다시 들어가 일했다. 김밥 한 줄 먹는 돈도 아까워하며 돈을 모았다. 독신을 부르짖다가 늦은 나이에 한 결혼은 매일 밤 베개를 눈물로 적시게 했다. 돈을 많이 벌고 싶은 욕심에 남편과 주식에 손댔다가 결혼 전부터 모아왔던 돈까지 날렸다. 어르신들이 흔히 하는 말씀처럼 내 인생 역시 글로 쓰면 족히 책 한 권이 나올 수도 있다. (다만, 그렇게 되면 나와 내 가족이 상처받을 테니 자세한 얘기는 함구하고 싶다.) 누구나 인생에서 불행했던 일을 열거하기 시작하면 끝이 없다.

그런데 내 인생에 불행한 일만 있었는가? 나는 목숨보다 귀한 딸을 낳았다. 영원히 말도 안 하며 살 것 같았던 남편과도 이제는 웃으며 농담하는 동지가 되었다. 큰 부자는 아니지만, 더는 돈 때문에 마음 졸이며 눈물을 흘리지는 않는다. 마흔다섯에 글을 쓰는 꿈도 이뤘다. 진짜 삶은 퍼즐의 완성품에 있지 않고 퍼즐과 퍼즐 사이의 균열에 있다. 개똥밭에 굴러도 좋다는 이승의 진짜 정체는 개똥 자체다. 모래 한 알 없는 대리석에서 걷는 삶은 TV 속 가짜 리얼리티 쇼일 뿐이다.

영화 〈트루먼 쇼〉에서 보험회사 직원인 주인공 트루먼은 작은 섬에서 평범하고 행복했던 삶이 사실은 방송국의 각본에 의해 짜인 조작임을 깨달았다. 그의 삶을 기획하고 전 세계에 방영했던 기획자는 목숨을 걸고 진짜 삶을 찾아 배를 타고 떠나는 트루먼에게 신의 목소리로 말한다.

"바깥세상도 다르지 않아. 같은 거짓말과 같은 속임수. 하지만 내가 만든 공간 안에서는 두려워할 필요가 없어."

내가 만약 트루먼이었다면? 해변의 모래 한 알까지 전부 나를 위해 만들어졌다고 해도 미련 없이 개똥을 찾아 떠나리라. 불행과 행복이 공존하는 진짜 삶을 살고 싶으니까. 그게 인간이란 존재다. 그게, 나라는 생명이다.

짙은 막걸리를 온몸으로 느끼며 천천히 잔을 비우고 한 잔을 더 따라 마셨다. 잔이 바닥을 드러낼수록 의식도 혼돈의 웃음 속에 파묻혔다. 그리고….

여타의 세상 이치가 그러하듯 다음날 진짜 지독한 두통에 시달렸다.

이어폰을 잃어버리며 발견한 것

평일 저녁 평소처럼 헬스장에서 운동을 마치고 나왔다. 무선 이어폰을 하나만 꺼내 왼쪽 귀에 꽂았다. 대개 음악을 들을 때 왼쪽 하나만 사용한다. 양쪽 귀에 이어폰을 다 꽂으면 외부 소리와 완전히 차단되어 위험할 수 있어서다. 밖을 나오니 컴컴한 저녁 하늘 아래 공기가 싸늘했다. 매일 들르는 마트에 들러 간단하게 시장을 봤다. 마트 계산대에서 계산하는데 나이가 50대 중반쯤 되어 보이는 계산원 아주머니가 지친 표정과 기계적인 음성으로 말했다.

"35,200원입니다."

바로 카드를 꺼내 계산하고 집으로 왔다.

집에 도착하자마자 이어폰을 귀에서 빼고 충전기에 다시 넣으려고 가방을 열었다. 그런데 아무리 가방 속을 뒤져도 이어폰 충전기가 보이지 않았다. 가방 속 물품을 다 꺼내서 샅샅이 살펴봐도 역시나 없었다. 대관절 어디로 간 걸까? 집 앞에 흘렸나 하고 다시 집 밖으로 나와 근처를 살폈다. 충전기는 고사하고 개미 한 마리 얼씬하지 않았다. 실망스러운 마음을 안고 다시 집으로 들어왔다. 일단 새 이어폰을 주문할 때까지 남편이 쓰던 이어폰을 잠시 빌리기로 했다.

다음 날 아침, 혹시나 해서 두리번거리며 어제 왔던 길을 따라서 출근했다. 한산하고 깨끗한 거리에서 내가 발견했던 건 오직 쌩하고 도로를 지나치는 차들뿐이었다. 어제 헬스장에서 나가며 이어폰을 꺼냈으니까 마지막 기억의 장소는 헬스장 건물 뒷문이다. 그런 생각을 하며 헬스장 뒷문 쪽에 다다랐다.

형광 노란색 띠가 둘려진 조끼를 입은 환경미화원이 청소하고 있었다. 그를 스치며 얼굴을 얼핏 보았다. 그간 일하며 햇빛에 많이 그을린 탓인지 시커먼 얼굴에 주름이 자글자글했다. 족히 70은 훌쩍 넘긴 노인이었다. 무언가 골똘히 생각하는 건지 아니면 불만에 가득 찬 건지 표정에 변화가 없어 본능적으로 조금 거리를 두고 지나갔다.

그대로 건물 안으로 들어가 엘리베이터 앞까지 살폈다. 역시나 아무것도 없었다. 문득 들어올 때 보았던 환경미화원의 얼굴이 떠올랐다. 혹시 그가 청소하면서 내 이어폰 충전기를 발견하지는 않았을까? 다시 뒷문으로 나갔다. 아까처럼 청소에 몰두하고 있던 그에게 가까이 다가가 살짝 긴장하며 물었다.

"저…. 제가 어젯밤에 이어폰하고 충전기를 여기 흘린 것 같은데 혹시 이 근처에서 이 정도 되는 하얀색 작은 상자 같은 거 못 보셨을까요?"

그가 크기를 짐작할 수 있도록 양쪽 엄지와 검지를 이용하여 사각형 모양을 만들어 보였다.

무표정하던 그가 갑자기 들쑥날쑥한 뻐드렁니를 드러내며 환하게 웃었다. 입꼬리가 눈가의 주름을 밀어 올리자, 기타 줄처럼 선명한 선이 얼굴 전체에 그어졌다. 곧 고개를 좌우로 젓고 겸연쩍은 표정을 드러내며 그가 대답했다.

"그런 물건은 못 봤는데요."

그의 해맑은 표정에 긴장이 스르르 풀렸다. 그의 얼굴에 흠칫 놀라 재빨리 지나쳤던 아까의 행동이 살짝 부끄러웠다. 저렇게 순수하게 웃는 사람이 나쁜 사람일 리 없다. 그런 생각을 하며 고개를 꾸벅 숙여 감사하다고 인사했다.

병원에 도착한 이후 온종일 정신없이 일했다. 순식간에
퇴근 시간이 되어 또 헬스장으로 향했다. 괜한 미련에 헬스
장 접수처에도 이어폰 충전기가 들어온 게 있는지 물었다.
예상했던 대로 그런 물건은 들어온 게 없다는 대답을 들었
다. 아쉬운 마음은 잠시 덮고 운동을 마쳤다. 어제처럼 마트
에 들러 장을 보고 계산하려는데 또 충전기 생각이 퍼뜩 떠
올라 어제 계산했던 계산대로 방향을 틀었다. 다행히 어제
와 같은 계산원이 서 있었다. 물건을 계산하며 그녀에게 물
었다.

"혹시 어제저녁에, 여기에 이어폰 충전기를 흘린 것 같은
데 보셨을까요?"

그녀가 얼굴 가득 웃음을 부착하고 밝게 말했다.

"아! 그거 손님 거였구나! 누구 건지 몰라서 가지고 있다
가 저기 안내대에 맡겨놨어요. 거기서 찾아가면 돼요."

"아! 정말요? 감사합니다! 못 찾을 줄 알았어요."

"에이, 못 찾긴 왜 못 찾아요. 내가 잘 가지고 있었어요."

근처에 있던 안내대로 가서 이어폰을 돌려받았다. 몸을

이어폰을 잃어버리며 발견한 것

241

돌려 가려는데 등 뒤에서 계산원 그녀가 큰 소리로 물었다.

"찾았어요? 다행이네. 잘 가요!"

그녀를 향해 다시 90도로 고개를 숙이고 눈인사하며 마트를 나왔다.

오늘은 평소 관심도 없이 스쳤던 두 사람에게 푸근한 미소와 다정한 마음을 받았다. 일상생활 중 마주치는 수많은 사람을 볼 때 우리는 외모나 표정, 또는 옷차림으로 순식간에 그 사람이 어떨 것이라고 평가해 버린다. 그러나 그들에게 조금만 더 가까이 다가가 말을 건네보면 바로 알아챌 수 있다. 그들 역시 따뜻한 피가 흐르는 사람이라는 걸. 단 몇 마디 대화만으로도 단단히 썼을 줄 알았던 가면은 금세 벗겨진다. 그 단순한 사실을 오늘에야 새삼 깨달았다.

내일 퇴근길에도 마트에 들러 같은 계산대로 가야겠다. 감사의 마음으로 그녀에게 음료수라도 하나 건네며 따뜻한 말 한마디 걸어보리라. 그게 마음을 전하는 가장 손쉽고도 확실한 방법이니까.

오렌지빛 황혼이 하늘을 감싸던 날

아직 어둠이 세상을 지배하는 밤의 한가운데에서 그만 눈을 뜨고야 말았다. 손을 뻗어 머리 위에 있는 휴대전화를 집어 들고 시간을 확인했다. 새벽 2시 4분. 아직 해가 뜨려면 한참 남은 시간이었다. 이따 출근하려면 다시 눈을 감아야 한다. 잠을 자야 한다는 생각이 온몸을 휘감았다. 잠에 대해 생각하면 할수록 정신이 차츰 또렷해졌다. 몇 분이나 흘렀을까. 여전히 잠은 오지 않았고, 어느새 밤이 주는 온갖 생각을 받아먹고 있었다. 다시 휴대전화 시계를 확인했다. 2시 58분. 이내 잠자기를 포기하고 조용히 일어나 아이 방으로 들어왔다. 책상에 앉아 불을 켜고 아무 생각 없이 노트북을 열었다. 지금은 뇌가 낮 동안의 기억과 감정을 수면이란 청소기로 청소해야 하는 시간이다. 청소를 방해했더니 무의식의 부스러기가 잔뜩 떨어졌다. 손이 어지럽게 널려진 부스러기를 글로 털어내기 시작한다.

아까 퇴근하려는데 친한 상사 두 사람이 근처에 정말 괜찮은 카페를 새로 발견했다며 오랜만에 커피나 한 잔 하자고 했다. 그러고 보니 일하는 시간 외에 누군가와 커피 마시며 담소 나누는 시간을 가져본 지 꽤 되었다. 오늘은 왠지 거절하고 싶지 않았다. 그렇게 그들을 따라나섰다.

건물 밖을 나오니 잿빛의 하늘에서 금방이라도 비가 올 듯 날씨가 흐렸다. 우리는 걸어서 카페로 갔다. 새로 생긴 카페는 알고 보니 내가 다니는 헬스장 맞은편에 있었다. 전기 스쿠터를 끌고 나왔기에 혹여 갑자기 비가 와서 스쿠터가 젖을까 봐 걱정되었다. 헬스장에 스쿠터를 금방 갖다 놓고 오겠다고 말하고 두 사람을 카페에 먼저 들여보냈다.

스쿠터를 헬스장 건물 안에 넣고 다시 나와 카페로 들어갔다. 아기자기한 인형 소품으로 꾸민 열 평 남짓 조붓한 카페였다. 카페에는 오십 대 중후반으로 보이는 여자 사장님과 우리 외에는 아무도 없었다. 두 사람은 여기 커피는 꼭

맛을 봐야 한다며 이미 커피 3잔과 조각 케이크 하나를 주문
했다고 말했다.

오후 서너 시 이후에는 커피를 잘 마시지 않는다. 몇 번
커피에 들어있는 카페인으로 밤에 잠들지 못했던 경험을
한 이후 숙면을 위해 커피 마시는 시간을 제한했다. 그런
사정을 잘 모르는 그들은 커피를 맛보여 줄 생각에 꽤 들떠
보였다.

"이 커피는 사장님의 얘기를 들어봐야 해."

상사 K가 말하며 벌떡 일어났다. 커피를 내어오려는 사
장님에게 다가가 쟁반째 받아서 들며 커피에 대한 설명을
요청했다. 사장님은 마치 대사를 미리 외운 사회자처럼 커
피 원두의 원산지에 대해 밝혔다. 커피 대회에서 1등 한 매
우 구하기 힘든 최상급 에티오피아산 원두커피이며, 한 잔
에 9,000원짜리인데 우리에게는 그냥 7,900원씩만 받겠다
고 했다. 그 말을 들으며 두 사람이 이미 이곳에 단골 도장
을 찍기 시작했음을 짐작했다.

사장님의 원두 이야기와 사악한 가격은 커피의 맛을 매
력적으로 변하게 하는 향료가 되었다. 자연스럽게 내 손은
무언가에 홀린 듯이 커피잔을 집어 들었다. 뜨거운 커피를

오렌지빛 황혼이 하늘을 감싸던 날

천천히 한 모금 마시고 입에 머금으려는 찰나, 테이블 맞은 편에 앉아 있던 상사 K가 중간고사 결과를 빨리 알고 싶어 안달이 난 학생처럼 맛이 어떠냐고 물었다. 대답하기 위해 커피를 꿀꺽 삼켰다. 뜨거운 기운이 식도를 타고 흘러내렸다. 그 모습을 옆에서 본 상사 P가 웃으며 좀 기다려주라고 말했다.

그녀의 기분을 좋게 하고 싶어 일단 맛이 훌륭하다고 대강 대답했다. 후후 불며 다시 커피를 마신 후 혀 전체에 퍼트렸다. 일반 커피보다 산미가 강했으며 일부 홍차 맛이 났다. 사장님이 케이크도 직접 만들었다고 해서 포크를 집어 케이크도 맛보았다. 크림은 부드러웠고 빵은 촉촉했다. 에티오피아산 1등 커피와 수제 케이크는 일과 후 고단했던 우리에게 작은 행복감을 주었다.

아까 일어나 커피를 직접 받아 들고 온 상사 K는 이틀 연차를 내고 강원도의 친정어머니댁에 다녀온 후 오늘 출근했다. 그녀는 여든이 훌쩍 넘겨 혼자 사시는 노모를 보면서 자신이 어렸을 때 엄마 친구였던 분들은 곁에 안 계시지만, 이웃과 친구처럼 지내셔서 그나마 마음이 놓인다고 말했다.

"그런 걸 보면 오랜 친구나 가족보다 지금 옆에 있는 사람이 내게 제일 좋은 사람이야. 나이 들면 엄마처럼 살고 싶어. 애써서 열심히 살 필요 없이 이웃사촌과 느긋하게 하루를 보내는 그런 삶 말이야. 인생 별거 없어. 열심히 사는 것보다 적당히 사는 게 더 좋아."

마치 매일 꽉 짜인 일정으로 바삐 사는 나를 겨냥한 말인 것 같았다. 공연히 요즘 왜 그렇게 생활하는지 합리화하고 싶어 고민을 늘어놓았다. 결혼하고 아이를 낳고 오직 일과 육아에만 열중하며 살았었는데, 어느 날부턴가 내가 좋아하는 일은 무엇이고 어떻게 살아야 할지 깊이 고민하고 있다고, 아직은 삶을 내려놓기보다 열정을 가지고 싶다고 말했다. 더불어 운동의 중요성에 대해서는 한껏 열을 올리며 거꾸로 상사 K를 설득했다.

그러나 우리 둘 다 안다. 내가 상사 K의 인생무상에 대해 전부 이해하지 못하듯 그녀 역시 건강한 삶을 위해 운동하길 바라는 내 마음을 받아들이지 않을 것이다. 인간이란 그런 존재다. 내 신념이 클수록 상대의 신념이 들어올 수 있는 자리는 좁아진다. 나이 들면 근육이 퇴화하듯 수용하는 마음 역시 키우려고 노력하지 않는다면 계속 감소하게 되어있다.

우리는 2시간 남짓 더 얘기하다가 사장님에게 인사하고 일어났다. 카페 문 앞에서 그들에게 작별을 고하고 길을 건

오렌지빛 황혼이 하늘을 감싸던 날

넜다. 막 헬스장 건물로 들어가려는데 길 건너편에서 삶의 허무에 대해 말했던 상사 K가 큰소리로 나를 불렀다.

"오늘 우리랑 놀아줘서 고마워!"

그 옆에 서 있던 상사 P는 손을 크게 흔들고 정답게 웃으며 인사를 건넸다. 그들에게 다시 인사하고 헬스장 건물로 들어갔다. 잠시 후 세워두었던 스쿠터를 가지고 나왔다. 뭐 오늘 하루쯤은 운동을 거르는 것도 나쁘지 않겠지.

집에 가는 길에 교통 신호를 만나 잠깐 멈추고 언뜻 하늘을 바라보았다. 어느새 먹구름은 사라지고 휘황찬란한 오렌지빛 황혼이 하늘 전체에 퍼져 있었다. 말문이 막히는 아름다움에 가슴이 저릿했다. 그 순간을 놓치기 싫어 재빨리 휴대전화를 꺼내 사진을 찍었다.

비록 의견이 맞지 않더라도 그냥 있는 그대로 서로를 인정하는 사람과 편안하게 잡담을 나누고 가끔은 노을이 지는 하늘을 바라보며 지친 마음을 달래주는 것. 어쩌면 내가 생각하는 인생의 행복이란 바로 이런 순간이 아니었을까.

아. 밤의 부스러기는 끝이 없다. 이제 정말 불을 끄고 다시 자야겠다.

왜가리가 준 가르침

며칠 전부터 태풍이 경로를 바꿔서 북상하고 있다는 뉴스가 흘러나왔다. 사람들은 걱정 반 두려움 반으로 미리 마음의 준비를 했다. 오늘이 바로 한반도가 태풍 영향권에 들어오는 날이었다. 우리 동네는 태풍의 직접적인 영향권 아래 있지는 않았지만, 오전부터 내린 비는 종일 그칠 줄을 몰랐다.

답답한 병원 건물 안에서 일할 때는 밖의 상황을 생각할 겨를조차 없었다. 퇴근 때가 되어서야 비로소 창문 너머 날씨를 살폈다. 역시나 계속 비가 오고 있었다. 이럴 때를 대비해 얼마 전에 우비를 장만했었다. 옷장에 보관했던 우비를 꺼내서 걸치고 긴 우산을 들고 밖으로 나왔다.

　헬스장에 도착해 운동복으로 갈아입으려는데 갑자기 휴대전화에서 진동벨이 울렸다. 집 창문 틈으로 비가 계속 흘러들어온다며 당장 집으로 빨리 오라는 엄마의 전화였다. 10년이 넘은 빌라라 최근 들어 부쩍 여기저기 돈 들어갈 일이 늘어나고 있다. 목소리로 전해지는 다급함을 눈치채고 얼른 가겠다고 대답하며 전화를 끊었다.

　헬스장 문 앞에서 우비 단추를 단단히 채운 뒤 우산을 폈다. 큰길로 나가니 길가에 늘어서 있는 커다란 나무들이 비바람에 심하게 흔들리고 있었다. 동화 《해와 바람》에 등장했던 바람이 현실로 튀어나왔다. 격분한 바람이 내 우비를 벗기려고 거세게 불었다. 길가에는 이미 해와 했던 내기의 영향으로 잔 나뭇가지들과 잎사귀들이 사방에 널브러져 있었다.

　보통 때는 걷는 걸 좋아하지만 오늘처럼 방대한 자연의 위협 속에서 걷는 기분을 즐기기는 어렵다. 길을 걷는 내내 두려움이 올라왔다. 그래 누가 이기나 해보자. 이까짓 태풍이 내 길을 막게 두지는 않겠다. 그렇게 우산을 위가 아닌 바람에 저항하는 앞 방향으로 펼치고는 씩씩하게 걸었다.

우산을 방패 삼아 손에 꼭 쥐고 행군을 이어갔더니 곧 두려움은 사라졌다.

계속 걷다가 동네 하천 주변까지 다다랐다. 하천 다리를 건너며 아래를 내려다보니 빗물로 하천이 불어나 무서운 기세로 흐르고 있었다. 넘쳐흐르는 물 가장자리로 간신히 머리를 내밀고 있는 자전거길 이정표가 보였다. 이정표는 떠내려가지 않으려고 힘겹게 대항하며 애당초 그 자리가 길이었다는 걸 알려주었다.

그 순간, 범람한 하천 중앙에 불룩하게 솟은 늪지대 같은 공간에서 영화에서나 볼만한 초현실적인 장면을 목격했다. 왜가리 한 마리가 비바람에도 아랑곳없이 그곳에 우뚝 서 있었다. 정지화면처럼 움직임 없이 서 있는 모습에 시간이 그대로 멈춘 것만 같았다. 잠시 다리 위에 서서 넋을 잃고 그 모습을 바라보았다.

자연은 언제나 인간에게 큰 가르침을 안겨준다. 하찮은 인간이 태풍을 막아야 하고, 물리쳐야 하는 일종의 시련으로 인식할 때 동물은 그것을 묵묵히 받아들이고 지나가기를 기다리는 시기로 인식한다. 재해는 항상 예고 없이 들이닥친다. 아무리 둑을 쌓고 만반의 준비를 해도 자연은 언제나 가장 약하고 생각지 못한 곳을 무너뜨린다. 그때마다 뉴스에서는 미리 철저하게 준비하지 못한 정부나 지방 단체들을 탓한다. 그런 뉴스를 보며 천재는 충분히 조정할 수 있고, 막을 수 있는 예상 가능한 상황이라고 믿는다.

불행도 마찬가지이다. 인생에 예기치 않은 불행이 갑자기 찾아오면 적중하지 못한 일기 예보를 원망하듯 미리 준비하거나 막지 못한 자신을 탓한다. 그러나 어디 불행이 그러한가. 뜻하지 않게 찾아오는 불운을 어떻게 다 막을 수가 있겠는가. 그럴 땐 그저 불행을 이기거나 피하려고 씨름하기보다 떠나가길 기다리며 지금 주어진 일에 집중하는 방법밖에 없다. 비바람 속을 걸어갈 때는 하늘을 바라보며 원망하기보다 고개를 숙이고 묵묵히 행진을 이어가는 게 최선이니까.

영원한 것은 아무것도 없다. 비 오는 날도, 바람 부는 날도, 눈 오는 날도 한량없이 이어지지는 않는다. 캄캄한 밤이 지나면 여명의 새벽이 오고 겨울의 가장 추운 날이 지나면 어느새 봄이 성큼 다가온다. 아무리 강력한 태풍도 결국에는 지나가고 태풍이 떠난 자리에는 눈 부신 햇살이 희망을 품고 들어온다.

왜가리가 전해준 인생의 가르침을 잡고 싶었다. 재빨리

휴대전화를 꺼내 들고 사진을 찍으려고 했다. 그 낌새를 눈치챈 듯 왜가리는 눈 깜짝할 새에 저 멀리 하늘 위로 날아가 버렸다. 마치 지혜의 여신이 자연의 교훈은 포착하는 것이 아닌, 그냥 터득하는 거라고 말하는 것 같았다.

집에 도착했다. 엄마가 창틀에 서서 줄줄 들어오는 빗물을 연신 걸레로 훔치고 대야에 짜고 있었다.

"어휴, 몇 시간째 이러고 있다. 이렇게 비바람이 창문으로 새기는 또 처음이네. 무슨 수가 없나."

"당장 별다른 방법이 있나 뭐. 태풍이 지나갈 때까지 기다리는 수밖에."

엄마에게 걸레를 건네받고 금방 물이 차오르고 있는 창틀을 닦으며 중얼거렸다.

무의미한 인생의 의미

어찌 보면 초기에는 긁힌 상처처럼 가벼웠다. 마흔 해를 넘어서도 세상살이가 고단해서 웃는 날보다 우는 날이 많았다. 삶의 보이지 않는 면이 야금야금 썩어들어가고 있었지만, 처음에는 그것이 무엇인지조차 인지하지 못했다. 곪아진 상처에서 나온 고름을 더는 감출 수 없게 되자, 인생의 의미를 찾겠다는 말로 새로운 치료법을 시도했다.

인생에 대한 의문을 품는다는 건 현재에 대한 불만족에서 비롯된다. 아무도 모르는 비밀은 내가 실은 매우 예민한 사람이라는 사실이다. 많은 일에서 쉽게 상처받고 슬퍼했다. 그걸 감추는 일은 그리 어렵지 않았다. 누구나 자신에게 닥친 현안으로 눈과 귀가 덮여 있기에 타인을 향한 관심의 길이는 매우 짧다. 게다가 일종의 법칙처럼 은폐 행위도 학습과 연습으로 충분히 실력이 향상된다. 제일 쉬운 방법은 표정을 숨기고 입술을 굳게 다물면 된다. 가슴 중심부에 폭풍우가 몰아치고 쓰나미가 모든 내장 기관을 휩쓸더라도 칙칙한 얼굴 가죽의 두께는 그 모든 현상을 덮기에 너끈했다. 그럴 때마다 일방적인 말로 자신을 세뇌했다.

'침착하자. 별일 아니다. 이겨낼 수 있다. 종이를 꾸깃꾸깃 손으로 구기듯 이 순간을 작게 만들자.'

궁핍한 속말을 내뱉지 못하고 삼킬 때면 종이를 구기는 소유자가 아닌 종이 자체가 되었다. 종이의 시선에 담긴 장면은 비현실적으로 굴절되었다. 남몰래 비뚤어진 시선과 냉소적인 마음으로 살다 보니 자신을 못살게 구는 날이 많았다. 행복이 저만치 멀리 환영처럼 둥실둥실 떠 있었다.

일요일 아침 딸은 눈뜨자마자 종일 넷플릭스 드라마를 보겠다고 말했다. 며칠 전부터 약속했던 일이라 두말없이 수긍했다. 우린 아침 식사 후 넷플릭스를 켜고 본격적으로 무얼 볼지 이리저리 리모컨 버튼을 눌렀다. 몇 개의 후보가 있었지만, 예상대로 딸은 요즘 흠뻑 빠져있는 드라마 시리즈를 1화부터 다시 보자고 했다. 전에 그 시리즈를 마지막 화까지 다 본 상태였기에 나는 빠른 속도로 흥미를 잃고 슬그머니 휴대전화를 집어 들었다. 그것도 잠시, 화장실을 가는 척하며 일어나 조용히 방으로 들어갔다. 며칠 전부터 읽고 있던 책을 펼쳤다. 우리는 그렇게 함께 있지만, 각자의 방식대로 휴일을 즐겼다.

밥 먹을 때를 제외하고 종일 책상에 앉아서 책을 읽다가 휴대전화 알람 소리에 화들짝 놀랐다. (규칙적인 수면 습관을 위해 밤 9시 25분에 알람을 설정해 놓았다.) 어느새 잘 시간이었다. 책 속의 세계가 현실보다 더 현실 같았다. 그 속에서 헤어 나오기가 싫었다. 그래도 자야 한다. 내일은 출근하는 날이다. 딸과 함께 이불 속으로 단숨에 들어갔다. 넷플릭스의 날을 재밌게 보냈느냐고 딸에게 물었다. 딸은 오늘이 벌써 끝났다니 믿을 수가 없다고 장난스러운 투정을 쏟아냈다. 그런 딸이 귀여워 꼭 안아주었다. 딸의 머리가 딱 붙어 있던 내 겨드랑이에서 잔잔한 희열이 흘러나와 가슴을 적셨다. 그건 분명 상처에서 나온 고름과는 다른 향내가 났다.

인생의 의미를 내 안에서만 찾으려고 했었다. 나에 대해 제일 잘 아는 사람은 자신이라고 생각했기에 어떻게든 혼자서 해결하려고 허우적거렸다. 의미는 찾으려고 하면 할수록 미궁 속으로 사라졌다. 답이 없는 곳에서 답을 찾는 것만큼 허무한 일이 없다. 깨달음은 나를 경험하는 것이 아닌 내가 하는 경험에서 온다. 그걸 알게 되자, 비로소 의미에 대한 집착을 내려놓을 수 있었다. 그때부터 인생에 대한 문제 풀이는 제대로 시작되었다.

삶의 의미는 삶에 대한 의문에 있지 않고 믿음에 있었다.

파울루 코엘류의 소설 《연금술사》에 나오는 주인공 양치기 산티아고는 어느 날 밤 꿈에서 본 보물을 찾기 위해 험난한 여정을 떠난다. 갖은 고초와 목숨을 잃을 뻔한 위험을 겪었지만, 연금술사의 도움으로 목적지인 이집트 피라미드까지 도착한 그는 마침내 보물이 묻혀있는 장소가 어디인지 알게 된다. 그러나 그가 얻은 진정한 보물은 금은보화가 아니라 끝까지 포기하지 않고 써 내려간 자신만의 신화였다.

더는 보물찾기하듯 인생의 정답을 찾아 방황하기보다 내 삶을 탄생이 시작되었던 장소인 죽음으로 돌아가는 여정으로 만들고 싶다. 여행에서 맑은 날만 있지 않듯이 고통과 슬픔으로 보내는 날도 그 여행의 일부로 여겨야겠다. 책으로 움츠러든 사고를 활짝 펴는 것처럼 오늘의 틈에 끼어있던 행복한 순간을 인생의 자양분으로 공급하려고 한다. 생에 대한 해답을 찾지 못해 답답한 마음이 들면 내 아이를 품에 안았을 때 느꼈던 향기에 머물러 고뇌에서 해방되리라.

이제 인생의 의미는 무의미하다.

비 오는 날의 교차로 그늘막

　월요일 아침에 눈 뜨자마자 창문을 열고 바깥부터 살폈다. 요 며칠 계속 내린 비는 오늘도 하염없이 쏟아지고 있었다. 이따 나갈 때쯤에는 좀 잦아들기를 바라며 커피를 마셨다. 인터넷 뉴스를 보니 서울 경기권에 밤새 내린 폭우로 침수 피해가 심각했다. 빗속에서 걷기 편한 옷이 뭐가 있나 옷장을 뒤졌다.

　비 오는 날 걸어서 출근하려면 복장은 반바지나 치마가 가장 적절하다. 긴 정장 바지는 이런 날 몇 걸음 걷지도 못하고 금세 다 젖어서 다리에 찰싹 달라붙어 버린다. 강박증

환자의 집착처럼 한번 붙은 바지는 걷는 내내 떨어질 줄 모르고 불쾌감을 유발한다. 치마는 발걸음에 장단을 맞춰 펄럭펄럭 춤을 춘다. 설사 다 젖어버려도 다리에 매달리지 않고 독립적인 노선으로 움직인다. 치마나 반바지는 짧을수록 젖을 염려가 없어 좋지만, 어느 순간부터 내 옷장에서는 짧은 하의들이 사라진 지 오래다. 나이 듦이란 평소에는 의식의 저편 어딘가에 숨어 지내다가 이런 사소한 순간, 예고 없이 들이닥치는 불청객이 된다.

하는 수 없이 긴치마를 꺼내서 입었다. 여차하면 손으로 붙잡고 약간 걷어서 올리면 된다. 출근길이 침수되었을 것 같지는 않았지만, 걸어서 가야 하니 만일을 대비해서 일찌감치 집에서 나왔다. 다행히 빗발이 잠깐 누그러져 우산을 펼쳐 한 손으로 가볍게 들고 걸었다. 느긋한 마음으로 길 군데군데 생긴 물웅덩이를 폴짝폴짝 뛰어넘었다.

하늘을 보니 산발적인 회색빛 구름이 어디론가 바삐 가고 있었다. 밝은 햇살과 뭉쳐 다니는 뭉게구름은 여유가 넘치는 자신만만한 슈퍼히어로 같아 보였는데, 비 오는 날의 구름은 나쁜 짓을 하고 급히 도망치는 악당들 같다. 너희들은 도망칠 때조차 단합이 안 되는구나. 파릇파릇 돋아나는 공상에 실실 미소를 흘렸다.

이윽고 교차로 건널목에 도착했다. 여름이면 설치하는 파라솔 형태의 대형 그늘막이 신호등에서 조금 떨어진 곳에 널찍하게 펼쳐져 있었다. 얼른 속으로 들어가 우산을 접고 신호등이 초록 불로 바뀌기를 기다렸다. 바람이 다소 불었음에도 워낙 그늘막이 커서 비가 전혀 안으로 들이치지 않았다.

순간 그늘막이 가져다주는 안전함과 포근함을 느꼈다. 밖은 교전 중인데 내 몸은 고요한 보호막 안에 서 있는 기분이었다. 그늘막이 마련해 준 마른 땅 밖을 나가기 싫었다. 앞에 보이는 신호등 빨간 불빛이 조금 더 오래 이어지길 바랐다.

따갑게 내리꽂는 햇살이나 우리를 공격하듯 퍼붓는 비가 찾아올 때 교차로의 그늘막은 잠시 우리에게 보호자가 되어 준다. 그 기분이 너무 좋아 조금이라도 더 오래 머물고 싶지만, 그늘막에 영원히 머무를 수는 없다. 몸이 햇볕에 그을리고 비에 젖을지언정 초록 불이 켜지면 우리는 그늘막을 벗어나야 한다. 계속 전진해서 건널목을 건너야 한다.

인생이란 마치 그늘막을 벗어나는 일과 같다. 마음의 상처를 입었을 때 잠시 나의 그늘막 같은 사람들에게 들어가 회복의 시기를 보낼 수는 있다. 그러나 때가 되면, 고난의 세상에 맞서야 한다. 다시 일어서서 작열하는 태양과 억센 비 같은 현실로 한 걸음씩 걸어 들어가야 한다. 살아있는 모든 생명은 그런 운명을 가지고 이 땅에 태어났다. 길가에 핀 연약해 보이는 꽃들조차 무지막지한 햇볕과 비바람을 이기고 찬란하게 피어났다.

오늘의 일상이 주는 안전과 안락함이 좋다면 지금이야말로 새로운 도전을 할 때다. 나태함에 빠지기 전에 앞으로 나가길 바란다. 나가서, 기꺼이 비에 젖자. 옷이 젖는 건 큰일이 아니다. 옷은 젖을 수밖에 없다. 빗물은 곧 마르게 마련이다.

눈앞에 초록 불이 켜지듯 인생의 기회가 찾아온다면 일단 잡으려고 시도해 봐야겠다. 기회가 진짜 기회가 될지 아니면 위기가 될지 아는 유일한 방법은 직접 몸을 던지는 것이다. 누구나 다 아는 뻔한 답이라 생각되겠지만, 실제 행동으로 옮기는 사람이 극히 적은 이유는 현재 삶이 유지되리라는 착각 때문이다.

Get out of your comfort zone.

안전지대에서 벗어나라.

신호등이 초록 불로 바뀌었다.

건널목을 건너기 위해 주저 없이 그늘막을 나왔다.

내 아침은 그렇게 시작되었다.

내 인생의 축제는 그렇게 개막되었다.

모든 연습은 끝났다.

에필로그

어느 날 공원에서 인생의 개척자를 만나다

　화창한 평일 오후, 점심을 재빨리 먹고 홀로 병원 근처에 있는 공원에 갔다. 정신없이 일할 때는 시간을 보내고 있는 건지 아니면 시간에 쫓기고 있는 건지 고민할 틈조차 없다. 그럴 때는 일부러라도 글에 가독성을 높이려고 구분 선이나 여백을 만드는 것처럼 한숨을 돌려보려는 습관이 생겼다. 매번 가능하지는 않지만, 할 수 있을 때는 최선을 다해 생각의 공백 속에 잠겼다가 나온다.

　그런 의미로 오늘은 운이 좋은 날이다. 점심시간 1시간을 온전히 챙겼다. 공원 벤치에 앉아 주머니에서 가져온 휴대전화와 이어폰을 꺼냈다. 시계를 보니 점심시간이 끝나려면 아직 30분 정도의 여유가 있었다. 이어폰을 귀에 꽂은 다음 차분하게 음악을 들으며 쾌청한 하늘을 올려다보았다. 파란 하늘에 앙증맞은 하얀 구름이 둥둥 떠다니고 있었다.

잔나비의 〈가을밤에 든 생각〉이라는 노래가 끝나도록 하늘에 기대며 지친 마음을 달랬다. 밤이면 오순도순 그리운 것들 모아서 노랠 지어 부른다는 그의 가사를 곱씹으니 내 그리운 날들도 함께 우러나왔다. 노래가 끝나 다음 곡을 고르기 위해 휴대전화를 집어 들었다가 문득 아래를 내려다보았다. 공원 바닥에 깔린 보도블록 위로 개미들이 분주히 이곳저곳으로 다니고 있었다. 우두커니 개미들을 바라보았다. 곧 한 개미에게 시선을 집중하고 눈으로 녀석을 따라갔다.

개미는 미지의 세계를 탐험하듯 더듬이를 움직여가며 활기차게 나아갔다. 그렇게 쭉 가다가 돌 블록 끝에 다다르자, 당황한 듯 잠시 그 자리에서 멈췄다. 다음 돌 블록과의 사이에는 홈이 패어 있었다. 상대적으로 몸집이 큰 인간에게는 새끼손가락의 반도 안 되는 협소한 홈이었지만, 미세한 크기의 개미에게는 거대한 절벽처럼 보일 것이다. 나는 절벽을 만난 개미가 틀림없이 몸을 돌려 후퇴하거나 아니면 절

에필로그

벽 선을 따라 오른쪽이나 왼쪽으로 가리라고 짐작했다.

그러나 예상과 달리 개미는 절벽의 끝인 홈 아래로 추락하듯 단숨에 내려갔다. 깜짝 놀라 얼떨떨한 표정으로 쳐다보았다. 곧 녀석이 다음 블록으로 올라가 다시 힘차게 직진하는 게 시야에 들어왔다. 개미에게 길의 끝이란 어떤 의미도 없었다. 누군가가 만든 길을 따라가는 게 아니라 본인이 가고 싶은 데로 움직이면 그것이 녀석이 정의한 길이었다.

가고자 하면 길이 보이고
넘어진다고 길이 없어지는 않는다.
가고 싶은 길을 가자.
걷는 고통이 큰 만큼 나도 커진다.

그 누구도 글을 쓰라고 하지 않았다. 장난처럼 놀이하듯 시작했다. 너무 재밌어서 시간 가는 줄 모르고 글을 쓰는 날이 점차 늘어났다. 내가 쓴 글자들로 만들어진 길이 계속 이어졌다. 그건 여태껏 살면서 걷던 길과는 아주 다른 모양이었다. 맨발로 흙길을 걸으면 발이 새카매지듯이 영혼은 차츰 글에 물들어갔다. 무력하게 살던 내가 새로운 길을 밟으며 기꺼이 살기 시작했다. 참 신기했다. 처음 느껴보는 기분이었다. 나는 어느새 길 자체가 되었다.

거짓말을 하고 싶지는 않다. 내 주변을 둘러싼 환경은 크게 달라지지 않았다. 여전히 파김치가 되도록 일하는 날이 많고, 인간관계로 종종 힘들어하며, 갈수록 더 말을 안 듣는 딸과 유튜브 시청시간으로 옥신각신한다. 그런데도 내 삶은 분명 달라졌다. 내가, 달라졌기 때문이다.

자기계발서에만 치중하던 과거와 달리 이제는 수필이나 시처럼 가슴을 안아주는 글도 같이 읽는다. 더욱 많은 사람에게 마음을 열었더니 새로운 친구들도 제법 생겼다. 아주 사소한 좋은 일에도 크게 웃고 깊이 감동한다. 힘든 날엔 커다란 인생에 검은 점 하나를 더 찍었을 뿐이라며 마음을 다독인다.

살아 숨 쉬는 한 언제든지 새로운 삶을 살 수 있다. 지금 막다른 골목에 있거나, 벼랑 끝에 서 있는 듯한 기분이 든다고 세상이 끝나지는 않는다. 어차피 인생은 계획대로 되지 않으며 항상 장밋빛으로 빛날 수도 없다. 그걸 깨닫는다면 개미처럼 절벽을 내려갔다가도 다시 올라올 수 있다.

당신도, 나도, 그렇게 살 수 있다.

에필로그

마지못해, 살기 싫다면….

한없이 생각에 빠져있는 동안 개미는 홀연히 사라졌다.

나는 위대한 개척 정신을 가진 개미가 목적지를 제대로 찾으리라 확신한다.